Die Autorin

Amtul Manan Tahir studierte an der Punjab Universität in Lahore, Pakistan. Seit 1989 unterrichtet sie am Südasien-Institut der Universität Heidelberg und seit 2013 am Centre for Modern Indian Studies der Universität Göttingen jeweils als Lehrbeauftragte die Sprache Urdu. Sie hat verschiedene Kurzgeschichten auf Urdu verfasst, die in literarischen Magazinen in Pakistan veröffentlicht wurden. Zudem hat sie für die Heidelberger Akademie der Wissenschaften zahlreiche archäologische Werke aus dem Deutschen ins Urdu übersetzt und ebenso zwei Kinderbücher.

Amtul Manan Tahir

Wessen Dschihad?

Roman

**Aus dem Urdu
von Aleem Tahir**

Rechteinhaber: Amtul Manan Tahir
Übersetzung: Aleem Tahir
Lektorat: Freie Lektoren Obst & Ohlerich (Berlin)

Herstellung und Verlag:
BoD - Books on Demand, Norderstedt

ISBN 978-3-7386-9879-4

Danksagung

Dank an Christina Oesterheld für die wertvollen Ratschläge und die Korrektur des Textes. Dank ebenfalls an Qurat-ul Ain Gardezi und Julia Kleefeld für ihre Unterstützung bei der Übersetzung sowie an Ulrich Knirsch, Jasminder Metzger und Christoph Andrzejak für die Durchsicht des Textes. Und last but not least sei PakBann e.V. genannt für die Motivation, die Übersetzung des Romans schnellstmöglich zu veröffentlichen.

1

Sofia starrte unverwandt auf den Fernsehbildschirm. Doch nichts von dem, was sich vor ihren Augen abspielte, erreichte ihr Bewusstsein. Ihre Gedanken schwebten in weiter Ferne. Bilder aus der Vergangenheit spielten sich vor ihren Augen ab, und je mehr sie versuchte, sich von ihnen zu lösen, desto aufdringlicher zwangen sie sich ihr auf. Von der Anschuldigung des Terrorismus' war sie zwar freigesprochen worden, ihre Ruhe und ihren Frieden hatte sie jedoch verloren. Der Gedanke, dass der Terrorismus, den sie bislang nur aus den Nachrichten und den Zeitungen gekannt hatte, plötzlich Bestandteil ihres Lebens geworden war, ließ sie nach wie vor erschauern.

Nichts bereite ihr mehr Freude. Sie hatte sich bei einem Sportverein angemeldet, konnte sich aber nicht dazu überwinden, das Haus zu verlassen. Sie hatte verschiedene Bücher gekauft, schlug aber jedes davon zu, nachdem sie nur wenige Seiten darin gelesen hatte. Auch das Fernsehen ertrug sie nicht mehr, denn immer, wenn sie mechanisch das Gerät einschaltete, um ihren quälenden Erinnerungen zu entfliehen, wurde sie mit genau den Dingen konfrontiert, die sie zu vergessen versuchte. Unbarmherzig zeigte sich die Gewalt mit ihren unterschiedlichen Gesichtern: Entführungen, Lösegeldforderungen, Väter, die ihre Familien umbrachten, Väter, die Selbstmord begingen, Mütter, die ihren Kindern nach dem Leben trachteten, Amokläufe in Schulen und Universitäten.

Gab es überhaupt noch Frieden in der Welt? Wie hatte sie, die selbst stets nach Frieden suchte, in so eine Situation geraten können, ohne es zu merken?

Sie kehrte gerade aus ihren Gedanken in die Gegenwart zurück, als eine Eilmeldung auf dem Bildschirm erschien. Schnell und eindringlich lief der Kriechtitel über den Bildschirm: „Angriff auf zwei Moscheen in Lahore."

Es war, als ob Sofia aus einem Traum erwachte. Sie erhob sich, trat näher an den Fernseher heran und setzte sich auf einen Stuhl in der Nähe. Eifrig schaltete sie zwischen verschiedenen Nachrichtensendern hin und her, um den Wahrheitsgehalt dieser Meldung zu überprüfen.

Die Taliban hatten während der Freitagsansprachen auf zwei Moscheen der Ahmadiyya Muslim-Gemeinde in Lahore Anschläge verübt. Das Knallen von Gewehrschüssen, Explosionen, Geschrei und Aufruhr – alles wurde unmittelbar übertragen. Die Polizei hatte diese grausame Tat nicht verhindern können, da sie wie immer viel zu spät eingetroffen war. Innerhalb weniger Minuten waren beide Gelände mit Leichen übersät. Den Berichten zufolge verloren mehr als neunzig Gläubige ihr Leben, unter denen sich die unterschiedlichsten Menschen, Junge wie Alte, befanden.

Zugleich begannen die ersten Interviews. Ahmadis machten der Welt gegenüber ihre Hilflosigkeit deutlich und baten sie um Unterstützung. Bedeutende Politiker verurteilten die Tat; ausländische Nationen bekundeten ihr Mitgefühl.

Sofia schaltete MTA ein, den eigenen Fernsehsender der Ahmadiyya Muslim-Gemeinde, wo gerade die Freitagsansprache des geistigen Oberhaupts der Gemeinde aus London übertragen wurde. Er rief zu Geduld auf und mahnte trotz der erfahrenen Grausamkeit zur Besonnenheit. Zudem verurteilte er das gefühllose und kaltblütige Verhalten der Täter sowie ihrer Unterstützer.

Sie wechselte ein weiteres Mal den Sender. Auf Aaj TV waren Menschen zu sehen, die nach dem blutigen Angriff völlig verängstigt vor der Moschee nach ihren Angehörigen suchten oder hilflos umherliefen. Es schien, als ob sie Teil eines Schauspiels waren. Die Kommentare verschiedener

Leute wurden eingeblendet, die sich über die Unfähigkeit der pakistanischen Regierung in diesem Fall äußerten. Es hieß, dass die Tehrik-e-Taliban Punjab[1] sich zu diesem Anschlag bekannt hatte.

All diese Meldungen ließen Übelkeit in Sofia aufsteigen und sie geriet ins Grübeln. War die Menschheit schon so tief gesunken, dass Menschen im Namen des Dschihad andere Menschen töteten und sich öffentlich zu den Morden bekannten, ohne dass irgendjemand sie zur Rechenschaft zog? Hatte die Zahl der Barbaren auf der Welt zugenommen, oder war die derer, die das Unrecht unterbinden wollten, nur gesunken? Waren die Regierungen unfähig, etwas gegen den Terror zu unternehmen? Und was nutzten solche Regierungen überhaupt, die außerstande waren, ihrer eigenen Bevölkerung Schutz zu bieten?

Terrorismus und Taliban – das waren die Worte, die Sofias Leben ins Chaos gestürzt hatten. Sie rief sich den Anschlag des 11. September in Erinnerung, als das New Yorker World Trade Center, das mit seinen 110 Etagen als architektonisches Wunderwerk galt und wie eine kleine Stadt sogar seine eigene Postleitzahl besaß, durch zwei von Al-Qaida entführte Flugzeuge zerstört wurde. Was auch immer der Hintergrund dieses tragischen Geschehnisses gewesen war, im Ergebnis wurde dieser Akt einer einzelnen extremistischen Gruppe für die Muslime auf der gesamten Welt zum Verhängnis. Durch die Zusammenführung der Worte Terrorist und Muslim entstand der Begriff des muslimischen Terroristen, infolgedessen die Muslime weltweit unter Generalverdacht gerieten.

Sofias Gedanken arbeiteten emsig weiter. Erst nach dem Attentat vom 11. September war Iraks Präsident Saddam

---

[1] Terrororganisation in Punjab, Pakistan.

Hussein verdächtigt worden, Massenvernichtungswaffen zu besitzen, und eben dieser Anschlag wurde von Amerika und Großbritannien zum Anlass genommen, einen Präventivschlag gegen den Irak zu unternehmen. Damit war es ihnen zwar gelungen, Saddam Hussein zu stürzen, doch hatte dies verschiedene andere Gruppen erstarken lassen, die den gesamten Irak durch Selbstmordattentate ins Chaos stürzten. Auch in Afghanistan nahmen solche Anschläge als Mittel der Gewalt gegenüber amerikanischen Soldaten und ihren Verbündeten zu, und allmählich verbreiteten sie sich wie eine unheilbare Krankheit durch die Taliban auch in Pakistan.

Sofia betätigte die Fernbedienung und ließ den Fernseher verstummen. Sie bettete ihren Kopf auf ein Kissen und begann, sich die Bilder ihrer eigenen Vergangenheit ins Gedächtnis zu rufen.

2

Es war die Silvesternacht zwischen den Jahren 2009 und 2010 gewesen. Draußen herrschte eine eisige Kälte, die das Quecksilber in den Thermometern bis zur -15 Grad-Marke zurückgedrängt hatte. Obwohl alle Heizungen in der Wohnung liefen, fror Sofia. Sie nahm einen Schal aus dem Schrank und wickelte ihn sich um die Schultern. Danach schaltete sie alle hellen Lampen aus und knipste ein kleines Lämpchen im Wohnzimmer an. In Gedanken verloren lief sie zum Fenster und schob den Vorhang zur Seite. Auf der Straße gab es so gut wie keinen Verkehr, deshalb drang kaum Straßenlärm zu ihr in den dritten Stock hinauf.

Wie in jeder Neujahrsnacht saßen die Leute wegen der eisigen Kälte in ihren Häusern. An nahezu jedem Fenster und an der Hauptstraße leuchteten die Weihnachtslichter, die man wie immer erst im neuen Jahr entfernen würde. Hin und wieder war das Knallen einzelner Feuerwerkskörper zu hören. Vom anderen Ende der Straße drang das dumpfe Geschrei kleiner Kinder zu Sofia hinauf. Sie war jetzt allein, völlig allein, und sie fühlte sich sehr einsam. Sie hatte zu nichts mehr Lust. Ihr Herz war schwer, und in ihrem Kopf hämmerte es. Alles war so schnell geschehen, dass sie nichts begreifen konnte.

Plötzlich ertönte ein langes, stürmisches Schellen an der Tür.

Wer kann das so spät noch sein?, fragte sie sich. Sie erwartete niemanden. Talib war tot, und ihre Eltern befanden sich in einer anderen Stadt.

Während sie überlegte, ob sie die Tür öffnen sollte, klingelte es erneut, und zwar so ungestüm, dass es schien, die Person würde augenblicklich die Tür eintreten, falls man sie nicht hineinließe. Voller Unbehagen lief sie zum Fenster und schaute hinaus, konnte jedoch niemanden erkennen. Schließlich ging sie zur Sprechanlage und nahm den Hörer ab.

„Wer ist da?", fragte sie vorsichtig.

„Polizei", wurde ihr von unten geantwortet.

„Großer Gott!", entfuhr es ihr.

Sie drückte auf den Knopf. Als sich die Tür öffnete, hörte sie Schritte auf der Treppe, und je lauter sie wurden, desto stärker schlug ihr Herz. Sie öffnete die Wohnungstür und stand wie versteinert da, als zwei Polizistinnen und ein Polizist in ihren grünen Uniformen die Treppe hinaufgeeilt kamen. Sie trat einen Schritt zurück, damit sie eintreten konnten.

„Sind sie Frau Sofia Talib?"

„Ja."

„Wir müssen Sie auffordern, mit uns mitzukommen", sagte eine der Polizistinnen, während sie ihr einen Haftbefehl zeigte. „Wir haben einige Fragen an Sie in Bezug auf den Tod Ihres Mannes."

Vor einigen Tagen hatten einige Polizisten sie in ihrer Wohnung aufgesucht, um sie von Talibs Tod zu unterrichten. Nachdem sie ihr mehrere Fragen gestellt und ihr Beileid bekundet hatten, verließen sie sie wieder. Doch diesmal wurde sie aufgefordert mitzukommen und plötzlich ließ sie ein Gedanke zusammenzucken: Hatten sie Verdacht geschöpft? Doch wie hätte das sein können? Außer ihr wusste niemand Bescheid.

„Darf ich meinen Vater anrufen?", fragte sie zögerlich.

„Ja, aber Sie müssen auf Deutsch reden."

Sie begann, die Nummer ihres Vaters, die sie seit Jahren auswendig kannte, zu wählen, konnte sich aber plötzlich nicht mehr an sie erinnern. Als ob sie jemand aus ihrem Gedächtnis gelöscht hätte. Nach mehreren erfolglosen Versuchen fiel ihr wieder ein, dass sie in ihrem Telefon gespeichert war. Also drückte sie mit zitternden Händen die Wahltaste. Es klingelte, doch niemand nahm ab.

Als der Anrufbeantworter anging, sprach sie ohne zu überlegen los: „Papa, die Polizei ist hier, um mich mitzunehmen. Wegen Talibs Tod. Sie wollen, dass ich sofort mit ihnen gehe!"

Nachdem sie ihre aus zusammenhanglosen Sätzen bestehende Nachricht hinterlassen hatte, legte sie den Hörer auf und schaute die Polizisten mit fragendem Gesicht an.

„Beeilen Sie sich bitte", drängte eine der Polizistinnen.

Zwar gelang es Sofia kaum, irgendeinen klaren Gedanken zu fassen, doch war sie immer noch in der Lage, sich vorzustellen, welchen Eindruck die Anwesenheit der Polizei bei ihren Nachbarn hinterlassen würde. Sicherlich würden sie die Gründe ihrer Festnahme wissen wollen und sie womöglich für eine Kriminelle halten. Sie warf einen kurzen Blick auf die Uhr an der Wand und spürte eine gewisse Erleichterung, als sie sah, dass noch einige Minuten bis Mitternacht verblieben.

Sie zog eilig Schuhe und Jacke an, schaltete alle Lichter in der Wohnung aus, steckte die Hausschlüssel in ihre Handtasche und signalisierte den Polizisten, dass sie bereit war zu gehen.

Ein Glück, dass sie mir keine Handschellen angelegt haben, dachte sie und setzte sich in den Polizeiwagen. Die beiden Polizistinnen platzierten sich rechts und links neben sie, und der Polizist, der auf dem Fahrersitz Platz genommen hatte, startete das Auto.

Nach einigen Minuten Fahrt vernahm Sofia durch die geschlossenen Fensterscheiben das kaum hörbare Läuten einer Kirche.

Was spielt das noch für eine Rolle, ob ich die Glocken laut und deutlich höre oder nicht. Die Erde hat ein weiteres Mal ihre Bahn um die Sonne vollendet. Es ist nun Mitternacht. Das neue Jahr ist angebrochen, und wer weiß, welche Schwierigkeiten es noch für mich bereithält, überlegte sie.

Die Polizisten begannen, sich gegenseitig zum neuen Jahr zu gratulieren. Als sie auch Sofia ihre Glückwünsche aussprachen, antwortete sie nicht und beobachtete stattdessen das Lichterspiel, das sich draußen bot. Sie wunderte sich über das absurde Verhalten, sie einerseits verhaftet zu haben und ihr andererseits zu gratulieren. Auch war sie sich nicht mehr sicher, ob man sie zum neuen Jahr oder zu ihrer Verhaftung beglückwünschte.

Das Auto kam nur noch langsam voran, da die Menschen ihre Feuerwerkskörper auf der Straße zündeten. Sofia erinnerte sich an eine Silvesternacht aus ihrer Kindheit. Sie war mit ihrem Vater zum großen Feuerwerk ins Stadtzentrum gefahren. Auch an diesem Tag zündeten die Menschen ihre Feuerwerkskörper auf der Straße und ließen die Autos nicht durch. Die Heimfahrt, die eigentlich nur zehn Minuten dauerte, hatte sich so in eine halbstündige verwandelt. Zu Hause angekommen dankte sie Gott und schwor sich, nie wieder während einer Silvesternacht in einem Auto unterwegs zu sein. Und nun, viele Jahre später, zwang man sie, während einer solchen in einem Polizeiwagen zu sitzen.

„Frau Talib, steigen Sie bitte aus."

Sofia schrak auf. Sie hatte nicht gemerkt, dass sie gehalten hatten und sich nun auf dem Parkplatz der Polizeistation befanden. Während sie der Polizistin, die links von ihr gesessen hatte, aus dem Auto folgte, versuchte sie, sich die Route, die sie gefahren waren, ins Gedächtnis zu rufen, konnte sich jedoch nicht mehr erinnern. Mit klappernden

Zähnen und den Händen in der Jackentasche folgte sie den Polizisten eilig aus der Kälte ins Gebäude. Sie wurde in einen Raum geführt, in dem hinter einem großen Schreibtisch ein Polizist saß, der sie schon zu erwarten schien. Man nahm ihr die Handtasche und ihre Armbanduhr ab, und der Polizist forderte sie auf, sich auf einen Stuhl zu setzen. Dann nahm er ihre Daten auf und erklärte ihr ihre Rechte. Wenn sie wolle, könne sie sofort ihre Aussage im Polizeirevier machen, ansonsten würde man sie vor einen Haftrichter führen, der dann entscheiden würde, ob sie in Untersuchungshaft käme oder nicht.

Doch Sofia reagierte nicht, als ob sie den Polizisten nicht gehört hatte.

Der fragte nach: „Wissen Sie, warum Sie hier sind?"

„Nein."

„Nach unseren Informationen war Ihr verstorbener Ehemann in terroristische Aktivitäten verwickelt. Sie werden verdächtigt, ihm Beihilfe bei seiner Einreise in die Bundesrepublik Deutschland geleistet zu haben. Wissen Sie, wie er ums Leben gekommen ist?"

Sofia schwieg.

„Frau Talib, wissen Sie, wie Ihr Ehemann starb?", wiederholte er seine Frage.

Doch Sofia antwortete nicht.

Also stellte der Polizist weitere Fragen, wo sie Talib kennengelernt hatte, unter welchen Umständen sie geheiratet hatten, wo die Trauung stattgefunden hatte, was sie über seine Familie und seine Freunde wusste und wie viel ihr über seine Aktivitäten bekannt gewesen war. Doch Sofias Lippen blieben wie versiegelt. Regungslos und mit einer Miene, die weder Schmerz noch Frucht erkennen ließ, saß sie auf ihrem Platz.

„Frau Talib, verstehen Sie mich? Hören Sie mir überhaupt zu?", verlor der Polizist langsam die Geduld.

„Mhhh", antwortete Sofia knapp.

„Es wäre von Vorteil für Sie, wenn Sie mit uns zusammenarbeiten würden. Angesichts der Schwere ihres Verbrechens …"

„Welches Verbrechen denn?"

„Ihrer Beteiligung an den terroristischen Aktivitäten des Herrn Talib."

Etwa eine halbe Stunde lang stellte der Polizist auf die verschiedensten Arten die gleichen Fragen, doch es schien, dass Sofia das Sprechen verlernt hatte. Dann schaute er auf die Uhr, überlegte kurz und wies eine Polizistin an, sie in den Keller zu führen. Das Verhör sollte am nächsten Tag fortgesetzt werden. Sofia erhob sich mit Mühe vom Stuhl. Nachdem sie um mehrere Ecken gebogen waren, hielten sie endlich vor einem Zimmer. Die Polizistin holte einen Schlüsselbund aus ihrer Hosentasche, öffnete die Tür und betätigte einen Schalter, woraufhin ein trübes Licht das Zimmer erhellte. Sie forderte Sofia auf einzutreten. Ihr Mund war völlig ausgetrocknet und ihre Zunge klebte am Gaumen.

„Könnte ich ein Glas Wasser bekommen?", fragte sie.

Die Polizistin überreichte ihr eine Wasserflasche, und während Sofia mehrere große Schlucke nahm, verließ sie wortlos den Raum und verschloss die Tür hinter sich. Sofia war nun allein.

Wie viel Uhr es wohl ist?, fragte sie sich. Im schwachen Licht schaute sie auf ihren Arm, um die Zeit abzulesen, doch nachdem sie ihre Armbanduhr nicht am gewohnten Platz fand, fiel ihr ein, dass die Polizei ihr diese zusammen mit ihrer Handtasche abgenommen hatte. Es war wohl drei oder halb vier Uhr und der erste Tag des neuen Jahres war angebrochen. Sie ließ ihren Blick durch den engen Raum schweifen und bemerkte eine Pritsche und einen Stuhl. Ziemlich weit oben an der Wand befand sich ein kleines, vergittertes Fenster. Schließlich wanderte ihr Blick zur Tür, die die Polizistin von außen verriegelt hatte. Sie trank noch einige Schlucke aus der Wasserflasche, lehnte ihren Rücken an den Stuhl und gab sich ihren Gedanken hin.

Talib war zwar letzte Woche gestorben und stand ihr nicht mehr im Weg, doch im Gewahrsam der Polizei begann ihr klar zu werden, dass er ihr mit seinem Tod so viele Hindernisse in den Weg gelegt hatte, dass sie diese möglicherweise ihr ganzes Leben lang ausräumen musste. Sie hätte es niemals für möglich gehalten, dass ihr Ehemann sie auf diese Weise betrügen würde und dass die Eheschließung solch furchterregende Folgen haben und ihr Dasein zur Hölle machen würde. Sie hatte die letzten drei Jahre ihres Lebens einem Menschen geschenkt, der nie zu ihr gehört hatte. Ihre Liebe zu ihm hatte ihren Verstand getrübt, sodass sie bis wenige Tage vor seinem Tod nicht in der Lage gewesen war, sein wahres, betrügerisches Wesen zu erkennen. Wie konnte sie das Offensichtliche so völlig übersehen haben? Wie konnte sie nur so dumm gewesen sein, ihr unbekümmertes und fröhliches Leben für diesen Menschen aufzugeben? Die Polizei hatte sie nun verhaftet, weil sie annahm, dass sie ihm Beihilfe geleistet hatte. Vor ihrer Festnahme war sie sicher gewesen, dass mit seinem Tod die Geschichte ihr Ende gefunden hatte, doch während des Verhörs war ihr klar geworden, dass dies erst der Anfang war.

Wie war es Talib gelungen, nach so wenigen Begegnungen einen so bedeutenden Platz in ihrem Leben einzunehmen? Was hatte sie so unbesonnen handeln und in so kurzer Zeit der Eheschließung zustimmen lassen? War es ihr Glaube gewesen? Hatte sie all das getan, um Gott zu gefallen? Das war es wohl. Aber vielleicht hatte sie weniger aus Gottesfurcht gehandelt, als aus dem Wunsch heraus, endlich ihre wahre Identität zu finden.

Von ihrem pakistanischen Vater als Muslimin erzogen, hatte sie, obwohl ihre Mutter eine deutsche Christin war, immer das Gefühl gehabt, hier in Deutschland nie richtig dazuzugehören. Schon seit der Zeit im Kindergarten fühlte sie eine innere Distanz zu ihren Freunden und Kameraden, was sich in ihrer Schulzeit und ihrem Studium fortsetzte. Sie hatte in ihrem Elternhaus das Aufeinanderprallen zweier verschiedener Denkweisen, zweier Religionen und zweier Kulturen erfahren. Vielleicht hatte sie gehofft, durch die Heirat mit einem Muslim diesem Dilemma zu entkommen. War das etwa der Grund, warum es Talib ohne große Mühe gelungen war, ihr Herz zu erobern?

Vor der Hochzeit hatte sie zu Gott gefleht, sie die richtige Entscheidung treffen zu lassen: „Oh Allah, wenn Talib der richtige Mann für mich ist, dann lass diese Hochzeit stattfinden. Wenn nicht, dann verhindere sie!"

Und Talib schien der richtige zu sein, denn innerhalb weniger Tage konnte die Eheschließung ohne Hindernisse stattfinden. Sofia fragte sich jetzt, wie all das hatte geschehen können. Wie hatte Gott es zulassen können, dass sie doch den falschen Mann geheiratet hatte? Wieso hatte er die Hochzeit nicht verhindert und sie beschützt? Sofias Glaube wankte und sie begann, an Gott zu zweifeln.

Doch plötzlich wendeten sich ihre Gedanken. Wer, wenn nicht Gott, kann mir jetzt noch helfen?, dachte sie. Vielleicht prüft er mich nur, so, wie er seine Propheten und Heiligen prüfte. Wieso sollte er mir jetzt nicht helfen, wenn er Jonas sogar aus dem Bauch des Fischs und Joseph aus dem Brunnenschacht gerettet hat?

Sofia schwankte zwischen Hoffnung und Furcht. Mal schien es ihr, dass ein Wunder geschehen würde und sie wieder nach Hause zurückkehren und ihr Leben wie gewohnt weiterleben könnte. Dann wiederum befiel sie die Angst, ihr ganzes Leben in dieser Polizeistation verbringen zu müssen. Die Nachrichten der letzten Wochen kreisten in ihrem Kopf und sie erschrak bei der Vorstellung, dass ihr dasselbe widerfahren könnte, wie Afia Siddiqui, die in einer amerikanischen Universität studiert hatte und 2003 in Karatschi plötzlich spurlos verschwunden war. Niemand schien etwas über ihren Verbleib zu wissen, bis bekannt wurde, dass die pakistanischen Behörden sie mit ihren drei Kindern an Amerika ausgeliefert hatten. Da ihr vorgeworfen wurde, Kontakte zu Al-Qaida zu unterhalten, wurde ein Verfahren gegen sie in Manhattan eröffnet, dessen Ausgang niemand abschätzen konnte. In Sofias Gedanken erschienen immer wieder die Bilder aus den Zeitungen, die sie während ihrer Haft zeigten. Für Afia Siddiquis Freiheit demonstrierten viele Menschen, bedeutende Persönlichkeiten setzen sich für sie ein. Doch wer würde ihr helfen, schließlich war sie für die Pakistaner eine Deutsche und für die Deutschen eine Pakistanerin. Filme wie *Khuda ke liyye*[2] kreisten in ihrem Kopf. Aber dann erinnerte sie sich daran, dass sie sich in Deutschland und nicht in Pakistan oder Amerika befand, und der Gedanke, dass man ihr niemals erlaubt hätte, ihren Vater anzurufen, falls man tatsächlich Ähnliches mit ihr vorhatte, beruhigte sie. Sie war nun überzeugt, dass ihr Gerechtigkeit widerfahren würde, und während sie darüber nachdachte, schlummerte sie ein.

---

[2] Im Namen Allahs (2007)

3

Sofia fragte sich, ob ihre erste Begegnung mit Talib wirklich nur zufällig gewesen war. Sie hatte ihn unter sehr ungewöhnlichen Umständen kennengelernt. Wie jedes Jahr war sie in ihren Semesterferien nach Pakistan gereist, um ihre Großmutter in Peschawar zu besuchen. Ihr Vater, der wegen seiner Verpflichtungen nicht regelmäßig nach Pakistan reisen konnte, freute sich sehr darüber, dass sie seine Mutter besuchte und Zeit mit ihr verbrachte.

Sofias Großeltern stammten ursprünglich aus dem Punjab, doch schon in jungen Jahren zog es den Großvater des Berufes wegen nach Peschawar. Die Großmutter folgte, und weil die Stadt beiden gefiel, beschlossen sie, sich dort für immer niederzulassen. Nach dem Tod des Großvaters vor einigen Jahren war die Großmutter zu ihrem jüngsten Sohn Waheed und seiner Familie gezogen, die ebenfalls in Peschawar wohnten. Sie war Direktorin an einer Schule gewesen, und obwohl sie sich seit etwa fünf Jahren im Ruhestand befand, bot sie weiterhin Kindern privaten Nachhilfeunterricht an und lehrte sie das Koranlesen mit Übersetzung. Kinder, deren Eltern den Unterricht bei ihr nicht bezahlen konnten, unterrichtete sie kostenlos, da sie es für wichtig hielt, ihnen den Zugang zu Bildung zu eröffnen, um sie davor zu bewahren, eines Tages in kriminelle oder terroristische Kreise zu geraten.

Im Haus der Großmutter ging es lebhaft zu, denn vom Morgen bis zum Nachmittag gingen regelmäßig Kinder verschiedenen Alters ein und aus. Wenn Sofias Cousins und Cousinen aus der Schule kamen, gesellten sie sich dazu und scherzten mit ihnen. Da Sofia sich für die Kultur der Nordwestprovinz besonders interessierte, stellte sie den Mädchen, die von ihrer Großmutter unterrichtet wurden, die verschiedensten Fragen. Sie liebte es, dass die Bekannten und Nachbarn ihrer Großmutter sie jedes Mal besuchen kamen, wenn sie nach Pakistan reiste, und sie sich mit ihnen unterhalten konnte.

Während ihrer Aufenthalte hatte sie auch stets mit ihren Cousins und Cousinen einen längeren Ausflug unternommen, meistens ins Swat-Tal. Damals hatten sich die Menschen sicher gefühlt, denn es gab noch keine Bombenanschläge oder Selbstmordattentate dort.

Diesmal war Sofia im März nach Pakistan gereist. Die Tage waren relativ warm, doch an den Abenden merkte man, dass der Winter sich noch nicht endgültig verabschiedet hatte.

Sie wäre gerne wieder ins Swat-Tal gereist und hatte sogar eine ihrer Freundinnen in Deutschland dazu nach Pakistan eingeladen, doch da das Gebiet nun unter der Kontrolle der Taliban stand, war dies nicht mehr möglich. Die Bevölkerung dort lebte in ständiger Angst, vor allem die Frauen hatten ein schweres Los zu tragen. Nicht nur, dass sie keine Schulen besuchen durften, es wurde ihnen nicht einmal gestattet, ihre Häuser zu verlassen. Die Taliban hatten ihre eigenen Gerichte gebildet, die sie Scharia-Gerichte nannten. In diesen fällten sie Urteile, die ihren radikalen Vorstellungen über den Islam entsprachen. Wer dagegen aufbegehrte, wurde öffentlich ausgepeitscht. In ihren Koranschulen vergifteten sie die Gedanken junger Menschen, sie stifteten sie zum bewaffneten Dschihad und zu Selbstmordattentaten an, indem sie ihnen das Paradies als Belohnung versprachen.

Sofia bedauerte es zutiefst, auf eine Reise in ihr geliebtes Swat-Tal verzichten zu müssen. Vor allem aber ärgerte es sie, dass die pakistanische Regierung nichts gegen die Taliban unternahm, schließlich hatte Pakistan selbst maßgeblichen Anteil an deren Entstehung. Es war die Politik aller

Regierungen seit Zulfiqar Ali Bhutto[3], die den Extremismus hatte erstarken lasen.

Sofia und ihre Großmutter diskutierten oft miteinander und brachten stets ihr Bedauern über Pakistans Situation zum Ausdruck. Die Großmutter konnte sich noch genau an die Gründungszeit erinnern, als das Land unter der Führung Mohammad Ali Jinnahs[4] seine Unabhängigkeit von Großbritannien erlangte. Eine grenzenlose Euphorie hatte sich ausgebreitet. Die Muslime fühlten sich frei und meinten, selbst über ihr Schicksal bestimmen zu können. Alle blickten damals hoffnungsvoll in eine Zukunft, in der Armut und Hunger überwunden und jedes Menschenleben gleich viel wert sein würde. In der es keine Unterdrückung gab und die Politiker für das Wohl ihres Volkes kämpften.

Doch was von all dem war heute real? Wo war die Gerechtigkeit, für die einst Pakistan stehen sollte? In seiner Geschichte war das Land sowohl von demokratisch gewählten Regierungen als auch von Militärdiktaturen regiert worden, doch kein Machthaber hatte sich jemals ernsthaft um das Wohl der Bevölkerung gekümmert. Vor jeder Wahl machten die Politiker große Versprechen, doch sobald sie diese gewonnen hatten, fielen sie über die Staatskasse her. Nur die Kredite aus dem Ausland bewahrten das Land vor dem völligen Zusammenbruch. Auf allen Ebenen herrschten Vetternwirtschaft und Korruption. Es mangelte an Strom, Gas und Nahrung. Armut und Arbeitslosigkeit nahmen zu und mit ihnen Kriminalität und religiöser Fanatismus. Der Einfluss der Islamisten auf die Gesellschaft war mittlerweile so groß geworden, dass diese nicht nur die Politik des Landes beeinflussten, sondern auch Zwietracht unter den verschiede-

---

[3] Neunter Premierminister Pakistans (1973-1977)
[4] Politiker in Britisch-Indien, gilt als Begründer Pakistans

nen Glaubensrichtungen säten.

Eines Abends, als Sofia und ihre Großmutter sich unterhielten, sagte die Großmutter: „Es ist eine Schande, was die Mullahs aus unserer Gesellschaft gemacht haben! Mittlerweile bezeichnen sich schon Sunniten und Schiiten gegenseitig als Ketzer. Jede Gruppierung glaubt, die Wahrheit gepachtet zu haben, und erklärt die anderen zu Irrgläubigen – und das, obwohl sie alle an denselben Gott und denselben Propheten glauben. Was spielen kleine Unterschiede denn für eine Rolle? Schon immer haben fanatische religiöse Führer Zwietracht unter den Menschen gesät. Um vor der Teilung in Indien einen Aufstand anzuzetteln, reichte es schon, wenn Hindus ein totes Schwein in eine Moschee warfen oder Muslime eine Kuh töteten. Sofort gingen Menschen mit Knüppeln aufeinander los und begannen, sich gegenseitig zu ermorden. In Pakistan werden mittlerweile Bombenanschläge auf Moscheen der anderen Glaubensrichtungen verübt, während die Gläubigen in ihnen beten. Als Elternteil denkt man heute mehr als einmal darüber nach, ob man seine Kinder in die Moschee schicken soll, denn man kann sich nicht mehr sicher sein, sie lebend wiederzusehen. Es ist wie im Krieg, und wer weiß, wie lange der Zustand noch andauert."

„Religion und Politik müssen voneinander getrennt werden", pflichtete Sofia ihrer Großmutter bei. „Jeder sollte seinen Glauben frei leben dürfen und den anderen mit Respekt begegnen. Wie man zum Beispiel im Westen sehen kann, gibt es dort, seitdem Staat und Kirche voneinander getrennt wurden, keine religiöse Unterdrückung mehr. Die Menschen missbrauchen die Religion für ihre eigenen Zwecke. Es ist traurig, dass, obwohl zwischen der Gründung Pakistans und dem Wiederaufbau Deutschlands nur wenige Jahre liegen, das eine meiner Länder zu den entwickeltsten der Welt gehört, während das andere keinen Schritt vorangekommen ist."

„Ja, du hast recht. Das deutsche Volk ist tüchtig und hat aus seinen Fehlern gelernt, während unser Volk seine Fehler nicht einmal sieht", antwortete die Großmutter und seufzte.

„Wie schade, dass ich diesmal nicht nach Swat fahren kann", bedauerte Sofia. „Es war immer so schön dort, die grüne Landschaft wie in der Schweiz, der Fluss Swat, der die kurvenreichen Straßen entlang fließt, die schönen, unschuldigen Gesichter der Kinder und die frische Luft. Immer wenn ich ein oder zwei Wochen dort verbringe, habe ich das ganze Jahr die wunderschöne Landschaft vor meinen Augen. Ich wollte so gerne mit meiner Freundin zum Skizentrum in Malam Jabba fahren."

Die Großmutter schaute ihre Enkelin liebevoll an. „Wir sollten besser irgendwo hinfahren, wo unser Leben nicht in Gefahr ist. Außerdem siehst du eher wie eine Ausländerin als eine Einheimische aus. Und du weißt ja, wie sehr diese Leute Ausländer hassen."

Währenddessen betrat Sofias Tante Samina den Raum, die nicht wusste, worüber sich Großmutter und Enkelin gerade unterhielten.

Sie setzte sich zu ihnen und wandte sich an ihre Schwiegermutter: „Ammi,[5] wusstest du, dass im März wieder eine Gruppe zur Umra[6] nach Mekka reist? Mein älterer Bruder Haamid ist dabei und unsere Nachbarin Sakina und ihr Sohn ebenfalls. Es gibt noch Platz für eine Person. Ich würde so gerne einmal nach Mekka pilgern, aber wegen der Kinder und meiner anderen Verpflichtungen ist das nicht möglich."

---

[5]Anrede für die Mutter in Urdu
[6]Kleine Pilgerfahrt nach Mekka, kann im Gegensatz zum Haddsch zu jeder Zeit im Jahr unternommen werden.

„Auch ich hatte den Wunsch, nach Mekka zu pilgern", sagte die Großmutter sehnsuchtsvoll. „Als ich jung war, war ich gesundheitlich dazu in der Lage, doch meine finanzielle Situation ließ es nicht zu. Jetzt habe ich durch Allahs Gnade zwar genug Geld, bin nun aber zu schwach dazu. Gottes Wege sind unergründlich. Mal gibt er dir etwas, nimmt dir aber dann wiederum etwas anderes dafür. Vielleicht sollte ich an meiner Stelle jemand anderem den Haddsch oder die Umra ermöglichen."

Sofia hatte ihrer Großmutter und ihrer Tante aufmerksam zugehört. Als die Großmutter zu Ende gesprochen hatte, fragte sie: „Dadi Ma, was ist eigentlich der genaue Unterschied zwischen Haddsch[7] und Umra?"

„Der größte Unterschied zwischen beiden ist, dass der Haddsch die letzte der fünf Säulen des Islams ist und somit für jeden Muslim Pflicht, die Umra hingegen nicht. Der zweite Unterschied ist, dass der Haddsch nur einmal im Jahr während bestimmter Tage in einem Monat vollzogen wird, wohingegen man die Umra jederzeit durchführen kann. Und drittens muss man bei der Umra nur die Kaaba umkreisen und das Sai vollziehen, während beim Hadsch weitere Handlungen durchgeführt werden müssen."

„Vielen Dank für die Erklärung, Dadi Ma", sagte Sofia und wandte sich an ihre Tante. „Chachi,[8] wie lange dauert denn die Reise?"

„Neun Tage. Die Gruppe wird nämlich neben Mekka auch Medina besuchen."

„Also gut. Dadi Ma, Chachi hat mich auf eine Idee gebracht. Nach Swat können wir wegen der Taliban nicht mehr fahren. Da meine finanzielle Situation gut ist und ich

---

[7] Große Pilgerfahrt nach Mekka
[8] Anrede für die Frau des Onkels väterlicherseits

auch körperlich gesund bin, kann ich doch an deiner Stelle die Umra vollziehen. Können diese Leute auch für mich ein Visum für Saudi-Arabien besorgen?"

„Natürlich, schließlich werden sie dafür bezahlt", antwortete die Tante. „Aber willst du wirklich alleine mit einer Gruppe von fremden Leuten dorthin reisen, mein Schatz? Ich könnte mir auch vorstellen, dass dein Papa damit nicht einverstanden sein wird. Ohne seine Erlaubnis können wir dich selbstverständlich nicht dorthin schicken".

„Als ob mein Papa mir das nicht erlauben würde! Ich rufe ihn gleich an und kläre das."

Sofia begann, die Nummer ihres Vaters zu wählen. Ihre Tante bereute es bereits, dieses Thema überhaupt angesprochen zu haben.

Sofia hatte vor langer Zeit den Film *Mohammed* in deutscher Sprache gesehen und hegte seitdem den Wunsch, nach Mekka zu pilgern. Wegen ihres Studiums musste sie von dieser Idee vorerst Abstand nehmen, doch nachdem sich die Möglichkeit dazu nun bot, war ihr Wunsch zu neuem Leben erwacht. Die Großmutter war still geworden, denn sie kannte ihre Enkelin gut genug, um zu wissen, dass wenn sie sich erst einmal etwas in den Kopf gesetzt hatte, nur noch Gott persönlich sie davon abbringen konnte.

Nach einer kurzen Diskussion mit ihrem Vater hatte Sofia seine Erlaubnis eingeholt und sagte dann zu ihrer Tante: „Chachi, ruf doch mal schnell an und frag nach, was man alles für die Reise benötigt, nicht, dass eine andere Person meinen Platz bekommt!"

Tante Samina konnte nur ihre Nachbarin Sakina anrufen, da ihr älterer Bruder sich für einige Tage außerhalb von Peschawar befand, um vor der Reise einige Angelegenheiten zu erledigen. Sie wählte die Nummer, und nachdem sie ihr von Sofias Plänen erzählt hatte, teilte ihr diese mit, dass sie sich am nächsten Tag zum Leiter der Umra-Gruppe fahren lassen würde, um ihm ihre Unterlagen zu bringen. Wenn Sofia wolle, könne sie mitkommen und dort alles weitere besprechen.

So fuhren Sofia und Sakina am nächsten Morgen ins Reisebüro. In dem Raum, der eher einer kleinen Kammer als einem Büro glich, saß hinter einem schäbigen Tisch ein langbärtiger, in Shalwar Kamiz[9] gekleideter Mann mittleren Alters. Auf dem Kopf trug er eine gehäkelte Mütze, und seine Schultern waren in eine Decke gehüllt. Unter dem Tisch, dessen Abnutzung selbst die neue, über ihn gebreitete Decke nicht verbergen konnte, entblößte sein leicht hochgezogenes Shalwar über Peschawri-Pantoffeln seine Knöchel, wie es sich für einen guten Muslim gehörte. Vor dem Tisch befanden sich zwei Stühle, deren Zustand sich von dem des Tisches nicht sonderlich unterschied. Der Mann, dessen Name Habib-Ullah war, war der Leiter der Reisegruppe. An der Wand hinter seinem Stuhl hing ein Kalender mit der Kaaba als Motiv und einigen markierten Tagen.

Der Zustand des Raumes beunruhigte Sofia und sie fragte sich, wie diese Leute, die in einem Reisebüro arbeiteten, das wie der Warteraum einer öffentlichen Bushaltestelle aussah, ihr Visum und ihre Reise organisieren konnten. Doch da sie nur das Ergebnis interessierte, äußerte sie ihre Vorbehalte nicht.

Sakina sprach als erste: „Diese junge Dame kommt aus Deutschland und möchte sich unserer Gruppe anschließen. Können Sie auch für sie ein Visum beantragen?"

Habib-Ullah blickte auf, musterte Sofia kurz und

---
[9]Traditionelle Kleidung einiger Völker in Südasien

fragte: „Sind Sie verheiratet?"

„Nein."

„Haben Sie Ihren Reisepass dabei?"

„Ja, habe ich." Sofia holte ihren Reisepass aus ihrer Handtasche heraus und gab ihn Habib-Ullah.

Nachdem er ihn in Augenschein genommen hatte, sagte er, als ob es sich um einen Akt der Barmherzigkeit seinerseits handelte: „Normalerweise ist es schwierig, als Ausländerin in Pakistan ein Visum für Saudi Arabien zu bekommen, denn Visen müssen im jeweiligen Heimatland beantragt werden. Aber ich denke, dass wir etwas tun können. Lassen Sie ihre Unterlagen einfach hier und zahlen Sie am besten auch gleich die Gebühren. Alles in allem etwa 90.000 Rupien.

„Im Augenblick habe ich keine Rupien bei mir. Kann ich auch in Euro oder Dollar bezahlen?"

„Selbstverständlich." Habib-Ullahs Augen leuchteten auf, als er die Worte Euro und Dollar hörte.

Sakina mischte sich schnell in das Gespräch ein: „Das mit den Gebühren hat noch Zeit. Du musst jetzt nicht den gesamten Betrag zahlen. Ich habe das auch noch nicht gemacht. Warte erst einmal ab, bis du dein Visum hast. Hier habe ich 10.000 Rupien. Du kannst sie mir später zurückzahlen."

Sofia dankte und gab das Geld Habib-Ullah. Während er es entgegennahm, warf er Sakina, die ihn um seine Dollar gebracht hatte, einen vorwurfsvollen Blick zu.

„Können Sie der jungen Dame einen Beleg für die Zahlung ausstellen?", fragte Sakina.

„Jaja, bekommt sie gleich", sagte dieser und riss den Beleg ab, den er dann Sofia gab. Er fügte hinzu: „Kommen Sie in einer Woche wieder, um den restlichen Betrag zu zahlen und Ihren Pass und Ihre Unterlagen abzuholen. Sie werden dann auch Näheres über den Ablauf der Reise erfahren."

Sofia stand auf und verließ mit Sakina das Büro. Zu Hause erzählte sie mit großer Aufregung ihrer Großmutter von Habib-Ullah und darüber, dass er bereit war, ihr das Visum zu besorgen. Ebenso lobte sie Sakina, weil sie in ihrem Sinne mit ihm gesprochen und ihm 10.000 Rupien an ihrer Stelle gegeben hatte.

Nachdem die Großmutter alles gehört hatte, sagte sie: „Ich kann dich nicht an deiner Pilgerreise hindern, aber ich bitte dich, sei vorsichtig, denn es sind gefährliche Zeiten. Die Leute betrügen mittlerweile sogar im Namen des Islams. Man kann niemandem mehr trauen. Ich bin froh, dass Sakina dabei ist. Ich werde nochmals mit ihr reden, damit sie ganz besonders auf dich aufpasst."

„Mein großer Bruder Haamid wird doch auch dabei sein", beruhigte Tante Samina sie.

„Mach dir keine Sorgen, Dadi Jaan. Alles wird inschallah[10] gut. Chachi, ich schulde Tante Sakina noch 10.000 Rupien. Ich müsste dazu zur Bank, um meine Euros zu wechseln."

„Wenn dein Onkel später zurückkommt, kannst du mit ihm dorthin fahren. Du kannst Sakina das Geld dann am Abend geben."

„In Ordnung", sagte Sofia und eilte in ihr Zimmer.

„Was für ein liebes und frommes Mädchen. Es ist kaum zu glauben, dass ein Mädchen, dessen Mutter eine strenggläubige deutsche Christin ist, allein durch die islamische Erziehung ihres Vaters zu so einer frommen Muslimin geworden ist. Sogar für unsere Sprache Urdu interessiert sie sich. Sie lernt diese in Deutschland und kann sie mittlerweile besser als die Kinder hier. Auch ein wenig Paschto

---

[10]Redewendung aus dem Arabischen: So Gott will

versteht sie", sagte die Großmutter mit großem Stolz über ihre Enkelin.

„Du hast vollkommen recht. Sie ist so unschuldig. Auch an Schönheit hat Gott bei ihr nicht gespart. Groß, blauäugig, mit glänzendem Haar und so einer lieblichen Stimme. Was für eine Mischung zwischen Ost und West! Es scheint, dass Gott sich sehr viel Zeit genommen hat, während er sie erschuf. Und keine Spur von Arroganz findet man bei ihr." Die Tante stimmte der Großmutter mit großer Liebe für ihre Nichte zu.

„Auch ihre Mutter Sara ist ein guter Mensch. Zwar war sie schon seit langer Zeit nicht mehr hier, aber immer wenn sie uns besuchte, brachte sie uns großen Respekt entgegen. Sie brachte haufenweise Geschenke für alle mit. Das einzig Bedauernswerte ist, dass sie ihre religiösen Ansichten nicht geändert hat. Aber dennoch hat sie Sofia niemals ihren Glauben aufgezwungen. Sie hat sich sogar auf einen Namen für ihre Tochter geeinigt, den es in beiden Religionen und Sprachen gibt", lobte die Großmutter Sofias Mutter.

„Ammi, du hast mir noch nie erzählt, wieso Hameed Bhai[11] Sara geheiratet hat. Ich habe gehört, dass er mit einem Mädchen aus der Gegend hier verlobt war."

„Hameed ist in den Siebzigern in die Schweiz gegangen, um dort zu studieren. Als er eine Anstellung als Ingenieur in einer großen Firma bekommen hatte, lernte er Sara kennen. Beide sind dann nach Deutschland gezogen und haben sich dort standesamtlich trauen lassen. Ihre islamische Eheschließung wurde allerdings erst in Pakistan vollzogen. Ich kann mich noch gut an die Aufregung erinnern. Die gesamte Nachbarschaft war gekommen, um Sara, die Braut

---

[11]Anrede für den älteren Bruder in Urdu

aus Deutschland, zu sehen."

„Was ist aus dem Mädchen geworden, mit dem Hameed Bhai verlobt war?"

Die Großmutter blickte auf den Boden. „Ja, Zubaida … Nachdem Hameed uns von Sara geschrieben hatte, haben wir Zubaidas Eltern alles erzählt und die Verlobung lösen lassen."

„Verstehe", erwiderte Samina. „Hatte Hameed Bhai Jaan neben Sofia noch andere Kinder?", fragte sie weiter.

„Nein, nur Sofia. Für ihn ist sie sowohl Sohn als auch Tochter. Er liebt sie sehr und erfüllt ihr jeden Wunsch."

„Ehrlich gesagt, Ammi, mache ich mir große Sorgen um Sofia. Stell dir vor, sie wird bei der Reise krank oder es passiert etwas anderes Schlimmes. Dann könnten wir ihr von hier aus nicht helfen. Ich bereue es, überhaupt die Reise vor ihr erwähnt zu haben."

„Das Einzige, was du jetzt noch tun kannst, ist zu beten, dass sie das Visum erhält, wenn die Reise gut für sie ist, und wenn nicht, dass sie das Visum nicht bekommt."

„Möge Allahs Wille geschehen", antwortete Samina.

„Es wird Zeit für das Abendgebet. Richte doch das Abendessen, während ich bete. Sofia hat bestimmt auch schon Hunger." Die Großmutter stand auf und ging ins Bad.

Sofia war derweil auf dem Weg zurück zu ihrer Großmutter und ihrer Tante gewesen. Als sie den Namen ihrer Mutter hörte, begann sie dem Gespräch zu lauschen. Sie hätte den beiden am liebsten die Wahrheit gesagt, nämlich dass sie überhaupt nicht wussten, wie ihre Mutter tatsächlich war. Nur weil sie ihnen Geschenke brachte und während der Tage, in denen sie sie besuchte, freundlich zu ihnen war, glaubten sie, sie zu kennen. Doch hätten sie gewusst, wie sie ihren Vater behandelte, würden sie ihn niemals wieder nach Deutschland zurückkehren lassen. Wenn dort alles so schön war, wieso verbrachte sie dann ihre gesamten Ferien bei ihnen? Und ihren Namen hatte sie nur von ihrem Vater bekommen, ihre Mutter interessierte sich weder für sie, noch für ihren Namen.

Doch Sofia brachte es nicht übers Herz, das alles zu erzählen, und ging leise in ihr Zimmer zurück.

4

Sofia bereitete sich auf ihre Reise, die sie in einer Woche antreten würde, mit großer Begeisterung vor. Da sie wusste, dass es für die Erfüllung aller islamischen Pflichten gewisse Regeln gibt, und sie großen Wert darauf legte, sich über all die Dinge, die sie sich vornahm, ausführlich zu informieren, ging sie in die Buchhandlung und besorgte sich Bücher. Außerdem lernte sie von ihrer Großmutter die Gebete, die man während des Haddsch und der Umra spricht. Obwohl das Tragen eines weißen Gewandes während der Pilgerreise für Frauen keine Pflicht darstellt, beauftragte sie einen Schneider, ihr gleich drei davon anzufertigen. Sie konnte das Ende der Woche kaum abwarten und hoffte, gute Nachrichten bezüglich ihres Visums zu erhalten. Wie ein kleines Kind fragte sie ihre Großmutter mindestens fünfmal am Tag, ob sie ihr Visum auch tatsächlich bekommen würde.

„Natürlich, so Gott es will, mein Kind", lautete ihre stete Antwort.

Wenn sie sich mit ihrer Tante Samina unterhielt, wechselte sie mitten im Gespräch plötzlich das Thema und fragte: „Chachi, glaubst du, dass ich mein Visum bekomme?"

„Wenn mein Kind es sich so sehr wünscht, dann wird es es auch bekommen", beruhigte ihre Tante sie.

Sie lag gerade in ihrem Bett und las ein Buch über den Haddsch und die Umra, als sie auf einen Satz stieß, der sie beunruhigte. Nachdem sie die Passage mehrere Mal gelesen hatte, sprang sie auf, steckte die Füße in ihre Pantoffeln und eilte zur Großmutter.

„Dadi Ma, du hast mir nicht erzählt, dass es einer Frau nicht erlaubt ist, ohne einen männlichen Begleiter am Haddsch oder der Umra teilzunehmen!"

„Wenn eine Frau keinen männlichen Verwandten hat,

der sie begleitet, kann sie sich einer Gruppe anschließen, in der andere Glaubensbrüder dabei sind. So kann wirklich jede Frau, die die finanziellen und gesundheitlichen Voraussetzungen erfüllt, an der Reise teilnehmen. Es gibt allerdings einige Menschen und Gruppierungen, die die Umra in so einem Fall nicht anerkennen."

Sofia beruhigte die Erklärung der Großmutter, doch sofort drängte sich ihr die nächste Frage auf. „Dadi Ma, stimmt es, dass es verboten ist, während der Umra Dinge zu kaufen?"

„Wer hat dir das erzählt?"

„Papa hat in Deutschland einen Freund, der in unserer Nähe wohnt", erklärte sie. „Bevor er und seine Frau zur Pilgerreise gefahren sind, haben sie uns noch einmal besucht. Die Tante erzählte, dass eine Freundin sie gebeten hatte, ihr Goldschmuck mitzubringen, da ihre Tochter bald heiraten würde und das Gold dort rein sei und der Preis sehr niedrig. Doch sie habe strikt abgelehnt, da sie dorthin fahren würde, um Gottes Segen und den seines Propheten zu erhalten, und nicht, um irgendwelchen Schmuck zu kaufen. Sie würde dies nicht einmal für sich selber tun. Das hat ihre Freundin ziemlich verärgert. Wenn mich jemand bittet, ihm etwas mitzubringen, soll ich die Bitte dann ausschlagen?"

„Nein, es spricht überhaupt nichts dagegen, dort etwas zu kaufen. Viele Leute kaufen zum Beispiel Wasser aus der Quelle Zamzam, Parfüms, Gebetsteppiche oder Datteln, um diese zu verschenken, schließlich wird im Islam das Schenken befürwortet. Aber man fährt eigentlich zur Umra, um zu Gott zu beten, und wenn man mit Bitten überhäuft wird, ist man nur noch am Einkaufen und kann sich nicht auf das Wesentliche der Reise konzentrieren. Wenn man nach der Umra oder dem Haddsch noch genug Zeit hat und etwas findet, was einem gefällt, kann man es ruhig kaufen. Aber aus der Reise einen Shopping-Ausflug zu machen, ist natürlich nicht in Ordnung."

Nun waren Sofias Zweifel ausgeräumt und sie konnte in Ruhe ihre Reisevorbereitungen fortsetzen.

5

Die Woche war vorüber und Sofia, die Nachbarin Sakina und ihr Sohn Zahid brachen am frühen Morgen mit dem Fahrer zusammen zu Habib-Ullahs Büro auf. Habib-Ullah war diesmal nicht da. Auf seinem Platz saß ein in blauem Shalwar Kamiz gekleideter, etwa sechsundzwanzig oder siebenundzwanzig Jahre junger, attraktiver Paschtune von hohem Körperwuchs, der sich gerade mit jemandem am Telefon unterhielt. Sakina klopfte an die Tür, woraufhin er sie mit einem Handzeichen bat, sich zu setzten. Sofia und Sakina nahmen Platz, während Sakinas Sohn sich neben sie stellte. Alle warteten darauf, dass der junge Mann das Gespräch beendete. Um sich die Wartezeit zu verkürzen, sah sich Sofia noch einmal im Büro um, doch außer dem selben alten Tisch, den beiden Stühlen und dem Kalender an der Wand gab es nichts, was sie hätte betrachten können.

Nach zehn Minuten, als der junge Mann das Telefongespräch noch immer nicht beendet hatte, hob Sofia ihren Arm und schaute auf ihre Uhr, in der Hoffnung, er würde es bemerken und endlich auflegen, doch er ließ sich nicht stören. Auch Sakinas Geduld hatte ihr Ende gefunden. Sie zog ihren Stuhl nach vorn, um durch das laute Geräusch die Aufmerksamkeit des Mannes auf sich zu ziehen. Er blickte kurz zu ihr und Sofia auf, doch bevor er den Hörer auflegte, sollten noch weitere fünf Minuten vergehen.

„Wo ist Herr Habib-Ullah? Er sollte uns heute unsere Pässe und uns das Programm für die Reise geben."

„Er ist krank und wird für einige Tage nicht herkommen können", erklärte der junge Mann.

Nachdem Sakina fünfzehn Minuten lang dem Telefonat geduldig zugehört hatte, verschaffte sie nun ihrem Ärger Luft: „Wenn er noch ein paar Tage krank ist, was geschieht dann mit unserer Reise? Er hat doch noch unsere Pässe!"

„Machen Sie sich keine Sorgen. Ihre Pässe und Ihre Tickets sind bei mir. Wenn Sie mir Ihre Namen sagen, gebe ich sie Ihnen und erkläre Ihnen den Reiseplan", antwortete der junge Mann in ruhigem und höflichem Ton, woraufhin sich Sakinas Ärger legte. Auch Sofias Anspannung begann sich zu lösen.

„Haben Sie das Geld dabei? Wenn Sie es mir geben, kann ich Ihnen ihren Pass und Ihr Ticket geben", fügte er hinzu.

Als Sofia merkte, dass über ihr Visum nicht gesprochen wurde, fragte sie: „Habe ich auch ein Visum bekommen?"

„Wie ist Ihr Name?"

„Ich heiße Sofia Ijaz und komme aus Deutschland."

„Warum haben Sie das Visum nicht in Deutschland beantragt?"

„Weil ich erst in Pakistan beschlossen habe, zur Umra zu fahren. Wieso fragen Sie mich das überhaupt? Sagen Sie mir bitte, ob ich ein Visum erhalten habe oder nicht", sagte Sofia, von Ungeduld ergriffen.

Der junge Mann holte Sofias Pass und zeigte ihr das Visum. „Hier ist es. Wenn Sie mir nun das Geld geben, kann ich Ihnen den gesamten Ablauf der Reise erklären."

„Aber mein Sohn, wenn Herr Habib-Ullah krank ist, wer wird uns dann begleiten?", fragte Sakina misstrauisch.

„Ich", erwiderte er mit einem Lächeln.

„Warst du schon einmal dort?" Sakina befürchtete, dass dieser Jüngling ihre gesamten Reisepläne ruinieren könnte.

„Ich habe bereits zwei Gruppen dorthin begleitet und es verlief immer alles nach Plan. Machen Sie sich also keine

Sorgen. Auch diesmal wird inschallah alles gut gehen", beruhigte der junge Mann sie.

„Wie ist denn dein Name?"

„Mohammad Talib. Aber alle nennen mich nur Talib."

6

Hameed und Sara waren zur Neujahrsnacht bei Saras Freunden eingeladen. Eigentlich hatte Hameed für solche Zusammenkünfte nicht viel übrig und wollte nur mit Gebet und Andacht ins neue Jahr schreiten. Immer wenn Sara vorschlug, jemanden zu besuchen, gerieten sie in Streit, denn Hameed lehnte jedes Mal ab. Er war es leid, sich ansehen zu müssen, wie sie sich maßlos betrank und dabei nicht nur ihn, sondern auch alles andere um sich herum vergaß. Bei solchen Feiern fühlte er sich sehr einsam. In diesem Jahr war durch Talibs Tod die Atmosphäre des Hauses mit tiefer Trauer erfüllt. Hameed wollte die Neujahrsnacht bei Sofia verbringen, doch Sara bestand darauf, dass sie gemeinsam auf die Feier gingen, da sie ihren Freunden schon lange zugesagt hatte und er sie unbedingt begleiten musste, weil alle Frauen mit ihren Partnern kamen. Er wusste genau, dass dies nur ein Vorwand war und sie ihn in Wahrheit nur an ihrer Seite haben wollte, damit er sie nach der Feier nach Hause fuhr. Als Sofia vom Streit ihrer Eltern erfuhr, drängte sie ihren Vater dazu, ihre Mutter zu begleiten, denn sie würde die ganze Woche mit ihm streiten, falls er ablehnte. Außerdem hätte ihre Anwesenheit Talib auch nicht wieder ins Leben zurückgeholt.

 Hameed und Sara kehrten um zwei Uhr von der Neujahrsfeier zurück. Als sie die Wohnung betraten, blinkte der Anrufbeantworter.

 Hameed drückte schnell auf die Taste. Sofias Stimme erklang: „Papa, die Polizei ist hier, um mich mitzunehmen. Wegen Talibs Tod. Sie wollen, dass ich sofort mit ihnen mitgehe!"

 Er spielte die Nachricht noch einmal ab, als ob sich dadurch ihr Inhalt ändern würde. Doch wieder hörte er Sofias verängstigte Stimme. Voller Sorge erzählte er es Sara.

„Das passiert, wenn man sich mit einer Person wie Talib einlässt. Ich konnte diesen Kerl noch nie leiden! Keine Ahnung, was euch beiden an ihm so gefiel, dass ihr ihn ohne zu überlegen in die Familie aufgenommen habt. Was können wir im Moment schon tun? Lass uns morgen sehen", lallte sie, während sie ins Schlafzimmer ging. Sie hatte auf der Feier reichlich getrunken und war nicht mehr in der Lage, noch irgendetwas zu unternehmen.

Hameed jedoch wählte die Telefonnummer des Polizeireviers in Sofias Wohngegend. Er erfuhr, dass sie sich zwar auf der Polizeistation befand, er sie aber momentan weder sprechen noch sehen durfte. Es wurde ihm geraten, bis zum nächsten Morgen zu warten.

Sara lag schon im Bett und war inzwischen eingeschlafen. Er nahm sein Kissen und seine Decke und legte sich aufs Sofa im Wohnzimmer. Er versuchte zu schlafen, doch seine Unruhe hinderte ihn daran. Es war kurz vor drei Uhr und es blieben noch einige Stunden bis zum nächsten Morgen. Stunden, die er in dieser langen Dezembernacht abwarten musste. Von Unruhe gequält stand er auf und begann, im Zimmer umherzulaufen. Er wusste nicht, wie er Sofia in dieser Situation helfen konnte. Wäre er doch zu ihr gegangen, anstatt auf Saras und ihr Drängen hin die Neujahrsfeier zu besuchen! Wer weiß, was sie bei der Polizei erdulden musste. Doch er war sich sicher, dass seine Tochter nichts Schlimmes verbrochen hatte, und der Gedanke, dass die Polizei ohne Beweise nichts gegen sie unternehmen konnte, beruhigte ihn etwas.

Während er im Zimmer auf und ab lief, blieb er vor dem Hochzeitsfoto von ihm und Sara stehen. Sie trug ein rotes Kleid und lächelte, während sie beide Händchen hielten. Er nahm das Bild von der Wand, setzte sich auf das Sofa und betrachtete es. Er begann, seine gegenwärtige Situation mit der, als das Bild entstand, zu vergleichen. Er erinnerte sich daran, wie er nach dem Ende seines Ingenieurstudiums in die Schweiz gegangen war, um dort weiter zu studieren. Sara lernte er auf einer Konferenz kennen. Sie war aus Deutschland angereist und gefiel ihm vom ersten Augenblick an. Auch sie fühlte sich bald zu ihm hingezogen. Während der dreitägigen Konferenz trafen sie sich zu jeder Gelegenheit. Der Kontakt blieb auch nach Saras Rückkehr nach Deutschland bestehen, und mit der Zeit kamen sich beide immer näher, bis sie schließlich beschlossen zu heiraten.

Es gab jedoch ein großes Hindernis: Hameed war bereits mit einem Mädchen aus Peschawar, das seine Mutter für ihn ausgewählt hatte, verlobt. Auch sie war sehr schön und gefiel ihm sehr, doch die dortigen Sitten erlaubten es ihnen nicht, vor der Eheschließung zueinander Kontakt aufzunehmen. Die Verlobung war vollzogen worden und es wurde beschlossen, dass die Hochzeit stattfinden sollte, nachdem Hameed sein Studium beendet hatte. Da er sich aber nun in Sara verliebt hatte und sie heiraten wollte, musste er das Einverständnis seiner Eltern einholen. Von Seiten der Mutter hatte er nichts zu befürchten, denn er wusste, dass sein Glück für sie das Allerwichtigste war und sie ihn daher niemals zwingen würde, Zubaida zu heiraten. Vor der Reaktion seines Vaters aber fürchtete er sich, denn er kannte seine Prinzipientreue und wusste, dass er ein gegebenes Versprechen niemals brach. Da er aber Sara nicht ohne das Einverständnis seiner Eltern ehelichen und sich so die Tür zu Pakistan und seiner Familie verschließen wollte, nahm er all seinen Mut zusammen und klärte sie in einem Brief über alles auf. Er bat sie, Zubaidas Eltern um Verzeihung zu bitten und die Verlobung zu lösen.

Lange Zeit kam keine Antwort, und er befürchtete

schon, dass sie ihm überhaupt nicht mehr schreiben würden. Doch dann erhielt er eines Tages einen Brief von seiner Mutter. Sie schrieb, dass sie und sein Vater ihm nicht im Weg stünden, wenn er beschlossen hatte, eine Deutsche zu heiraten. Zwar wäre sein Vater sehr enttäuscht über seine Entscheidung, und es hätte sie große Überwindung gekostet, zu Zubaidas Eltern zu gehen, doch letztendlich sei die Verlobung gelöst und er könne Sara heiraten. Sie hatte aber einen Wunsch, nämlich, dass die Hochzeit in Pakistan stattfand.

Nachdem Hameed durch Saras Bemühungen eine Anstellung in Deutschland erhalten hatte, ließen sie sich standesamtlich trauen und reisten bald darauf nach Pakistan, um den Wunsch seiner Mutter, an der Hochzeit teilnehmen zu können, zu erfüllen. Es fand eine aufwändige Feier statt, Hameeds Mutter ließ ein üppiges Kleid für Sara anfertigen. Er konnte sich noch immer daran erinnern, wie schön sie darin ausgesehen hatte. Sie hatte sich immer wieder im Spiegel betrachtet und gesagt, sie würde sich fühlen, als ob sie in eine Fee verwandelt wäre. Die ganze Familie hatte ihr großen Respekt entgegengebracht, sogar mit seinem Vater verstand sie sich gut. Sie gefiel allen so sehr, dass niemand mehr das Scheitern von Hameeds Verlobung mit Zubaida bedauerte. Hameed und Sara reisten in den nächsten drei Wochen quer durch Pakistan, und Sara gefiel alles so sehr, dass sie immer wieder sagte, sie würde am liebsten dort bleiben. Doch beide wussten, dass dies nicht möglich war und sie bald wieder zurückkehren mussten.

In den Tagen nach der Hochzeit gingen beide in ihrer Liebe zueinander auf. Hameed hielt sich für den glücklichsten Menschen der Welt. Es erfüllte ihn mit Stolz, eine so wunderschöne und liebevolle Frau an seiner Seite zu haben. Er war froh, dass seine Eltern nicht versucht hatten die Hochzeit zu verhindern und Sara als ihre Schwiegertochter akzeptiert hatten.

Die Ferien neigten sich langsam dem Ende zu. Hameed wünschte, dass diese Tage nie enden würden, doch die Zeit, die auf niemandes Wünsche Rücksicht nimmt, machte auch für ihn keine Ausnahme, und so waren ihre Ferien bald zu Ende. Sie nahmen ihren gewohnten Arbeitsalltag wieder auf. Tagsüber gingen sie arbeiten und an den Abenden der langen Sommertage spazierten sie bis spät am Ufer des Flusses. Manchmal gingen sie in einen Park. An jedem Wochenende unternahmen sie etwas. An manchen Tagen gingen sie in ein Restaurant, an anderen speisten sie bei Saras Eltern. Werktags aßen sie in der Kantine zu Mittag und am Abend kalt. Sara kam jeden Abend etwas früher als Hameed nach Hause und deckte vor seiner Rückkehr den Tisch. Sie waren so sehr aufeinander fixiert, dass sie die Welt um sich herum völlig vergaßen.

Dieser Zustand hielt jedoch nicht lange an, denn Saras Verhalten begann sich zu verändern. Nach der Arbeit im Büro, nach der Hausarbeit und den Freizeitaktivitäten war sie so erschöpft, dass ihr jede Aufgabe schwer fiel. Die Erschöpfung ging in Melancholie über. In diesem Zustand wollte sie mit niemandem reden, auch nicht mit Hameed. An manchen Tagen meldete sie sich von der Arbeit krank und verbrachte den gesamten Tag im Bett. Es dauerte nicht lange, bis Hameed das Gefühl hatte, bei der Heirat zu vorschnell gehandelt zu haben. Vielleicht hätte er sie vorher besser kennenlernen sollen. Nach und nach erfuhr er immer mehr über sie. Nachdem sie verheiratet waren, hatte sie ihm erzählt, dass sie einen Mann geliebt hatte, der sie für eine Amerikanerin verlassen hatte und nach Amerika gezogen war. Sie hatte versucht, ihren Kummer durch Alkohol und andere Drogen zu lindern, was zum völligen Zusammenbruch ihrer Psyche führte. Erst nach einer langen Therapie konnte sie sich wieder erholen, und ihre Ärzte waren der Meinung, dass ein Partner, der ihr half, sich von Rauschmitteln fernzuhalten, auf ihrem Heilungsweg eine große Stütze sein konnte. Vielleicht war das der Grund, weshalb ihre Eltern, keinen Einspruch gegen ihre Hochzeit erhoben hatten, mit einem Mann, der nicht nur kein Deutscher, sondern nicht einmal europäisch stämmig war. Unter normalen Umständen hätten sie ihn als strenggläubige Katholiken niemals als ihren Schwiegersohn akzeptiert.

Eines Abends, als Hameed von der Arbeit zurückkehrte, war Sara nicht wie gewohnt daheim. Er wartete auf sie, bis sie endlich zwei Stunden später als gewöhnlich zurückkam. Sie entschuldigte sich für ihre Verspätung und erklärte, sie hätte eine alte Freundin getroffen und wäre mit ihr in eine Kneipe gegangen. Dort hätte sie nicht gemerkt, wie die Zeit verging. Sie sagte ihm auch, dass sie nicht mehr hungrig sei, da sie dort gegessen hätte. Es fiel ihm auf, dass sie etwas angetrunken war, doch er ignorierte es. Wortlos bereitete er das Essen zu und nahm es alleine zu sich. Es war das erste Mal seit ihrer Hochzeit, dass er so spät alleine aß, doch er ließ die Sache auf sich beruhen und äußerte seinen Ärger ihr gegenüber nicht.

An den nächsten beiden Tagen kam sie pünktlich nach Hause und alles schien wieder seinen gewohnten Gang zu gehen, doch am dritten Abend fehlte wieder jede Spur von ihr. Nachdem Hameed lange Zeit auf sie gewartet hatte, aß er alleine zu Abend und versuchte sich abzulenken, bis sie zurückkam. Es blieb ihm auch nichts anderes übrig, denn schließlich gab es damals noch keine Mobiltelefone. Etwa um 23:00 Uhr hörte er den Schlüssel im Schloss. Als Sara die Wohnung betrat, begleitete sie der Geruch von Alkohol und Tabak und er wusste sofort, dass sie auch an diesem Abend in einer Kneipe gewesen war und getrunken hatte. Es ärgerte ihn sehr, sie in diesem Zustand sehen zu müssen, da sie sich erst nach einer langen Therapie von ihrer Sucht befreit hatte, und der Umstand, dass sie keinen Alkohol trank, ein bedeutender Grund für ihn gewesen war, sie zu heiraten.

Er fragte sie, während er versuchte, sich seinen Ärger nicht anmerken zu lassen: „Sara, wohin verschwindest du jeden Abend, ohne etwas zu sagen? Und du trinkst auch noch? Du weißt doch, dass die Ärzte dir das aufs Strengste untersagt haben."

„Wer bist du, dass du dich in meine Angelegenheiten einmischst? Ich mache, was ich will, und gehe, wohin ich will!", sagte sie mit lallender Stimme.

Hameed erkannte, dass es unmöglich war, ein vernünftiges Gespräch mit ihr zu führen. Wortlos nahm er sein Kissen und seine Decke und legte sich auf das Sofa im Wohnzimmer. Nach sechs Monaten Ehe war dies ihr erster Streit. Er dachte daran, Saras Eltern mit einzubeziehen, falls sie nicht auf ihn hörte, denn sie wussten über ihr Problem Bescheid. Sie hatten ihn immer wieder gebeten, darauf zu achten, dass sie nicht wieder auf Abwege geriet, und er hatte stets erwidert, dass dies nicht passieren würde. Da war er sich vollkommen sicher gewesen, denn sie liebten sich doch. Nach Saras Zustand in dieser Nacht jedoch begann er, an seinen eigenen Worten zu zweifeln.

Am nächsten Morgen stand Sara sehr früh auf und bereitete das Frühstück vor, bevor er aufwachte. Sie ließ sich vom gestrigen Streit nichts anmerken, und auch Hameed hielt es für besser, ihn nicht anzusprechen. So fuhren beide pünktlich zur Arbeit.

Die nächsten Tage verliefen ruhig, bis Sara wieder erst um zwei Uhr heimkehrte. In dieser Nacht redete Hameed nicht mit ihr, und bevor sie nach Hause kam, war er bereits mit seiner Decke auf die Couch gegangen. Um einem Streit aus dem Weg zu gehen, sah er nur den einen Weg, vom Schlafzimmer ins Wohnzimmer. Der nächste Tag war ein Samstag, ein Feiertag, weshalb Sara lange schlief. Nachdem Hameed gefrühstückt hatte, brach er auf, um Lebensmittel für das Wochenende zu besorgen. Normalerweise gingen sie gemeinsam einkaufen, doch diesmal wollte er ein ernstes Gespräch mit ihr führen und beschloss, alle Einkäufe vorher zu erledigen, um sich dann in Ruhe mit ihr unterhalten zu können.

Als er zurückkehrte, schlief Sara noch immer. Er ging in die Küche und begann, das Essen zuzubereiten. Sie verließ gegen 13 Uhr das Schlafzimmer. Ihr Zustand und ihre Laune verrieten, dass sie am letzten Abend sehr viel getrunken hatte. Hameed hatte den Tisch gedeckt, sie setzte sich zu ihm und begann schweigend zu essen.

Sie wechselten kein Wort miteinander, bis Sara, nachdem sie das Geschirr abgewaschen hatte, ihn vorsichtig fragte: „Was machen wir heute Abend? Wollen wir in einem Restaurant essen oder bei Mutter?"

„Wir essen bei deiner Mutter. Ich will mit dir etwas besprechen und möchte, dass deine Eltern dabei sind."

„Wir werden vor meinen Eltern nicht über unsere Probleme sprechen. Ich möchte nicht, dass sie sich meinetwegen Sorgen machen müssen", entgegnete sie mit strenger Stimme.

„Wir müssen aber eine Lösung für das Problem finden. Es kann doch nicht ewig so weitergehen, dass du abends betrunken in deinem Zimmer liegst und ich im Wohnzimmer schlafen muss. Die Sara, die ich geheiratet habe, war nicht so. Du weißt doch, dass der Arzt dir Alkohol und andere Suchtmittel strengstens verboten hat. Warum hast du wieder damit anfangen? Wenn dir an meinem Verhalten etwas nicht passt, dann sag es mir, ich werde versuchen es zu ändern. Aber so kann es nicht weitergehen."

Sara blickte auf den Boden und sagte nach kurzem Schweigen: „Es ist so, dass eine sehr gute Freundin von mir und ihr Freund für einige Wochen von Amerika nach Deutschland gekommen sind. Bevor wir geheiratet haben, bin ich mit ihnen regelmäßig in Kneipen gegangen. Als ich letzte Woche von der Arbeit kam, sind wir uns zufällig begegnet. Sie wollten unbedingt, dass ich mit ihnen einen trinken gehe, denn sie waren neugierig zu erfahren, was ich so mache. Nachdem sie darauf bestanden hatten, ein Glas mit ihnen zu trinken, konnte ich mich nicht mehr beherrschen und habe zwei, drei weitere Gläser bestellt. Beide sind alte Freunde von mir, daher konnte ich ihre Einladung nicht ablehnen."

„Wissen sie denn nicht, dass du keinen Alkohol mehr trinken darfst?", fragte Hameed verärgert.

„Sie wissen es schon, aber sie dachten, dass ein Glas Bier mir nicht schaden würde."

„Aber es blieb nicht bei einem Glas?"

„Nein", antwortete Sara zögerlich. „Nach einem Glas hatte ich keine Kontrolle mehr über mich. Die beiden reisen morgen wieder ab. Ich verspreche dir, dass so etwas in Zukunft nicht wieder vorkommt."

„In Ordnung. Lassen wir die Sache diesmal auf sich beruhen. Aber wenn du noch einmal so etwas tust, werden sich unsere Wege trennen."

„So etwas darfst du nicht einmal denken! Ich möchte den Rest meines Lebens mit dir verbringen, und werde nichts mehr tun, was dich verletzt", beteuerte sie.

In den nächsten zwei Jahren gab es zwischen beiden keinen solchen Vorfall mehr. Während dieser Zeit hatten sie ein kleines Vermögen angehäuft und einen Kredit für eine Eigentumswohnung beantragt. Nun wünschten sie sich Nachwuchs. Nachdem die Bank ihren Kredit genehmigt hatte, kauften sie sich eine Dreizimmerwohnung am Stadtrand und zogen dort ein. Eines Tages rief Sara Hameed in seinem Büro an und erzählte ihm, dass sie bei ihrer Gynäkologin gewesen war und diese ihr mitgeteilt hatte, dass sie schwanger sei.

Von nun an schwebte Hameed vor Glück. Er begann, sich noch mehr um Sara zu kümmern. Beide waren glücklich und zufrieden und von den Schwierigkeiten, die zwei Jahre zuvor zwischen ihnen bestanden hatten, war nichts mehr zu spüren.

Doch diese Zufriedenheit hielt nicht lange an. Eines Abends verschwand Sara wieder. Als sie spät noch nicht zu Hause war, wurde Hameed misstrauisch. Er befürchtete, dass sie wieder trinken würde, obwohl sie sein Kind in sich trug. Er vermutete sie in der Bar in der Nähe ihres Büros, von der sie ihm erzählt hatte. Normalerweise war sie um 17 Uhr zurück, doch mittlerweile war es 20 Uhr. Die Sonne ging in diesen langen Sommertagen erst um halb zehn unter, so war es draußen noch immer hell. Hameed hatte nicht mehr die Kraft, auf sie zu warten. Er nahm die Schlüssel und verließ die Wohnung. Er parkte vor der Bar und beobachtete die Leute, die ein und ausgingen. Die meisten waren junge Pärchen, die Händchen haltend unbekümmert die Bar betraten oder sie verließen. Hameed dachte, dass es besser wäre, wenn Sara alleine hinauskäme. Er befürchtete, dass es zu Unannehmlichkeiten kommen könnte, wenn er hineinginge, und er wollte unbedingt einen Streit mit ihr vermeiden. Früher hatte seine Sorge nur ihr gegolten, doch heute bangte er auch um die Gesundheit seines ungeborenen Kindes.

Nach etwa zwanzig Minuten stieg er aus dem Auto und ging langsam auf die Eingangstür zu. Laute Musik drang nach draußen. Er blieb zwei Minuten vor der Tür stehen, bis er endlich den Mut zusammen hatte hineinzugehen. Sara saß am Tisch direkt beim Eingang, den Kopf auf die Schulter eines Mannes gestützt. Hameed spürte einen Stich im Herzen. Er hatte das Foto des Mannes schon einmal in Saras Album gesehen, es war derselbe Mann, der sie verlassen hatte und dessentwegen es ihr so schlecht gegangen war. Betrog sie ihn etwa? Führte sie eine heimliche Beziehung und verkaufte ihn für dumm?

Während diese Gedanken in seinem Kopf kreisten, lief er ohne es zu merken zu ihr hin. Als sie ihn sah, erschrak Sara, denn sie hatte nicht damit gerechnet, ihm hier zu begegnen.

Sie setzte sich gerade hin. „Was machst du hier um diese Zeit?", fragte sie mit ängstlicher und zugleich beleidigter Stimme.

„Dürfte ich dich fragen, was *du* hier um diese Zeit machst?"

Er hatte sie auf frischer Tat ertappt. Sara erkannte sofort, dass es zu einem öffentlichen Streit zwischen ihnen kommen würde, wenn sie länger blieben. Daher stand sie auf und sagte schnell: „Komm, lass uns nach Hause gehen."

Hameed hatte sich inzwischen wieder beruhigt. Er wollte ebenfalls einen Aufstand vor allen Leuten vermeiden und ging schweigend mit ihr mit. Nachdem sie das Auto erreicht hatten und wortlos eingestiegen waren, fuhr er los.

Sie schwiegen während der gesamten Fahrt, doch in ihrem Innern kochte es. Sara fühlte sich bloßgestellt und Hameed konnte es nicht begreifen, dass sie ihn betrogen hatte, obwohl sie sein Kind in sich trug. Nach etwa zehn Minuten erreichten sie das Haus. Schnell verließ Sara den Wagen und ging ohne auf Hameed zu warten mit großen Schritten zur Eingangstür, schloss hastig auf und trat ein. Hameed folgte ihr.

„Warum bist du mir in die Bar gefolgt?"

„Anstatt dich für das, was du getan hast, zu schämen, machst du mir auch noch Vorwürfe?" Hameeds unterdrückte Wut brach sich Bahn. „Ab heute gibt es keinen Platz mehr für dich in meinem Herzen! Wenn du nicht mein Kind in deinem Bauch tragen würdest, würden wir jetzt getrennte Wege gehen. Nur deshalb ertrage ich dich noch!"

„Du musst mich nicht mehr ertragen. Ich verlasse dich auf der Stelle!", schrie Sara und lief zum Schlafzimmer.

Hameed eilte ihr hinterher. „Bevor mein Kind geboren ist, lasse ich dich nirgendwo hingehen!"

„Ich werde es abtreiben lassen!"

„Dafür werde ich dir nicht die Erlaubnis geben! Und sogar das Gesetz ist auf meiner Seite!"

„Versuch mich nicht über das Gesetz zu belehren! Es wird so sein, wie ich es will!"

„Verabschiede dich schnell von diesen falschen Vorstellungen! Von heute an wirst du keinen Alkohol mehr anrühren. Du wirst auf deine Gesundheit und auf die des Kindes achten!"

„Du kannst mir keine solchen Vorschriften erteilen!"

Hameeds zorniger Blick war unverwandt auf Sara gerichtet. Er nahm einen tiefen Atemzug und sagte dann in ruhigem Ton: „Nur bis zur Geburt des Kindes. Danach wirst du von mir aus frei sein. Verbringe dein Leben, mit wem du willst. Ich werde dich nicht aufhalten. Ich werde mein Kind alleine großziehen."

Sara, die Hameed bislang nur liebevoll und sanftmütig erlebt hatte, war von seiner Reaktion erschrocken und versuchte, sich zu verteidigen: „Peter fliegt morgen wieder nach Amerika zurück. Deshalb wollte ich ihn noch einmal sehen."

„Nach der Geburt des Kindes wirst du frei sein. Es ist mir dann egal, ob du ihn in Deutschland triffst oder zu ihm nach Amerika gehst."

Hameed hatte alles Vertrauen in Sara verloren. Es war ihm nun klar geworden, dass Peter ihr wunder Punkt war und sie ihm nicht widerstehen konnte. Dieser wusste um ihre Schwäche und nutzte sie aus.

Von diesem Tag an entstand eine Distanz zwischen ihnen. Sie sprachen nur noch selten miteinander und gingen meistens schweigend ihren Tätigkeiten nach. Sara bereute es, das Herz des Menschen, der sie aufrichtig liebte, wegen eines Mannes, der sie auf diese rücksichtslose Weise zurückgewiesen hatte, gebrochen zu haben. Doch was geschehen war, konnte sie nicht rückgängig machen.

Als die Zeit der Entbindung näher rückte, wurde sie depressiv und litt zunehmend unter Angstzuständen. Die Geburt ihres Kindes verlor immer mehr an Bedeutung für sie, sie wollte es nur noch so schnell wie möglich gebären. Der Arzt bat Hameed noch einmal ausdrücklichst auf sie zu achten, da andernfalls das Leben von Mutter und Kind in Gefahr wäre.

Kurz nach Sofias Geburt verschlechterte sich Saras psychischer Zustand. Sie wurde in die psychologische Abteilung des Krankenhauses verlegt und Hameed durfte Sofia nach acht Tagen mit nach Hause nehmen. Da sie die Mutter seiner Tochter war, konnte er Sara in diesem Zustand nicht verlassen und so gab es nun zwei Menschen um die er sich kümmern musste.

Nach etwa drei Monaten besserte sich Saras Zustand. Als sie aus dem Krankenhaus entlassen wurde, begann sie langsam, die Verantwortung für Sofia zu übernehmen. Doch Hameed vertraute ihr nicht, denn er konnte in ihren Augen keine mütterlichen Empfindungen für das Kind entdecken und befürchtete, sie könnte wieder einen Rückfall erleiden.

In Hameeds und Saras Beziehung waren keine Gefühle mehr verblieben. Hameed ertrug ihre Anwesenheit nur noch wegen Sofia, und Sara befürchtete, dass sie nach der Trennung von Hameed nicht noch einmal einen so fürsorglichen Menschen finden würde. Sie wusste, dass sie nach Peter keinem anderen als Hameed wieder die Türen zu ihrem Herzen öffnen konnte.

7

Sofias Vorbereitungen für die Umra waren abgeschlossen. Da es Sitte ist, vor der Pilgerreise seine Verwandten zu besuchen, um alle Streitigkeiten beizulegen, um Schulden, die man bei ihnen hat, zu begleichen oder um sie um Verzeihung zu bitten, falls man sie ungerecht behandelt hat, wollte sie ihre Mutter nochmals anrufen. Sie war die einzige Person, gegen die sie Groll hegte. Sie hasste es, wie sie ihren Vater behandelte, und hatte ihr dies auch schon oft gesagt, doch nun spielte sie mit dem Gedanken, sich mit ihr zu versöhnen und ihr von ihrer Reise nach Mekka zu erzählen. Aber nach kurzem Überlegen verwarf sie die Idee wieder, denn es hätte keinen Unterschied gemacht, ob sie sich bei ihr entschuldigte oder nicht. Viel eher hätte es zu neuen Streitigkeiten zu Hause geführt und das Leben ihres Vaters weiter erschwert.

Nachdem sie sich von ihrer Großmutter, ihrem Onkel Waheed und den anderen Familienmitgliedern verabschiedet hatte, fuhr sie mit ihrem Onkel Haamid, der Nachbarin Sakina und ihrem Sohn Zahid zum Flughafen in Peschawar, von wo aus sie mit der Umra Gruppe gemeinsam nach Karatschi fliegen würden. In Karatschi war ein Umstieg in ein anderes Flugzeug vorgesehen, das sie nach Jeddah bringen würde. Als sich alle zur vereinbarten Zeit am Flughafen eingefunden hatten, erklärte ihnen Talib alle Einzelheiten der Reise, also wann sie zu welchem Ort gehen würden und wie sie sich dort zu verhalten hätten.

Einige in der Gruppe waren so sehr damit beschäftigt gewesen, sich von ihren Angehörigen zu verabschieden oder sich mit ihnen auszusöhnen, dass sie nicht mehr dazu gekommen waren, alle Sachen zu besorgen, die auf der Liste standen, die sie vom Gruppenleiter erhalten hatten. Als Talib dies feststellte, öffnete er eine Tasche und übergab ihnen die

Dinge, die ihnen noch fehlten. Seine gute Vorbereitung ließ vermuten, dass dies bei jeder Reise vorkam.

Die Gruppe bestand aus etwa hundert Leuten, wobei die Anzahl der Männer überwog. Die Frauen hatten abseits ihr eigenes Grüppchen gebildet und waren damit beschäftigt, sich miteinander bekannt zu machen. Die gesamte Situation rief in Sofia ein besonderes, nicht beschreibbares Gefühl hervor. Sie war schon oft in andere europäische Länder oder nach Amerika und Kanada gereist, doch nie zuvor hatte sie eine solche Freude gespürt wie in diesem Augenblick. Sie dankte Gott, ihr diese Reise ermöglicht zu haben, denn etwas in ihr verriet ihr, dass diese eine besondere Veränderung in ihrem Leben hervorrufen würde.

Nach ihrer Ankunft in Jeddah stiegen die Reisenden in einen Bus, um weiter nach Medina zu fahren, wo sie in einem Drei-Sterne-Hotel untergebracht waren.

Als sie das Hotel erreicht und sich in der Lobby versammelt hatten, bat Talib nochmals um ihre Aufmerksamkeit und begann im Ton eines Predigers zu ihnen zu sprechen: „Diese Reise ist kein gewöhnlicher Ausflug, sondern hat einen besonderen Sinn. Es geht darum, Gott um Vergebung für die eigenen Sünden zu bitten. Lesen Sie daher so oft wie möglich den Koran und verrichten Sie das Gebet. Reden Sie miteinander nur, wenn es notwendig ist, und vermeiden Sie jede Art von Streitigkeiten untereinander. Jeder darf seinen eigenen Glaubensvorstellungen entsprechend beten. Lügen und unnötiges Schwören sind verboten, ebenso obszöne Gespräche und sexuelle Handlungen."

Nachdem er ihnen diese und noch einige andere Anweisungen erteilt und ihnen nahegelegt hatte, sich einen Vortrag über den Islam anzuhören, der am nächsten Tag um 21 Uhr in einem Raum des Hotels stattfinden würde, entließ er sie auf ihre Zimmer. Frauen, die ohne einen männlichen

Verwandten angereist waren, waren in Zimmern mit zwei oder drei Betten untergebracht. Sofia und Sakina teilten sich ein Zimmer. Sobald sie dort waren, stieg Sofia unter die Dusche, um sich von der Müdigkeit der Reise zu erholen. Wieder erfrischt, verrichtete sie dann das Abendgebet und setzte sich danach zu Sakina.

„Wie fühlst du dich, Tante Sakina?"

„Ich bin etwas erschöpft. Aber ansonsten bin ich sehr zufrieden und dankbar darüber, dass Gott mir die Möglichkeit gegeben hat, an diesem heiligen Ort zu sein."

„Ich kann es immer noch nicht glauben, dass ich tatsächlich diese Reise unternehme, und das, obwohl sie nicht geplant war. Aber ich bin mir sicher, hier viel Neues zu lernen. Ich werde dann überprüfen können, an wie viele der Gebote, Verbote und Pflichten, auf deren Einhaltung wir während der Pilgerreise aufmerksam gemacht werden, wir uns in unserem Alltag auch tatsächlich halten können. Und Tante Sakina, du hast doch gehört, wie Talib gesagt hat, dass wir hier nicht streiten und diskutieren dürfen. Ich frage mich, warum die Menschen sich nur während der Pilgerfahrt an diese Gebote halten sollen und danach nicht mehr. Du kennst doch die Diskussionsrunden im Fernsehen, in denen diese religiösen Leute mit ihren langen Bärten sitzen, von denen einige sicherlich auch den Haddsch unternommen haben. Aber wie die miteinander umgehen! Die Interviewer unterbrechen eine Person, bevor sie überhaupt zu Ende reden kann. Sowohl der Fragesteller als auch der Gefragte versuchen recht zu behalten, weshalb die Diskussion beendet wird, bevor man zu einem Ergebnis gelangt. Und wenn jemand etwas Vernünftiges sagt, wird die Sendung für eine Werbepause unterbrochen, um ihm das Wort abzuschneiden. Keiner von denen hält sich an die islamischen Gebote."

„Das stimmt, mein Kind", pflichtete Sakina ihr bei.

„Heutzutage will jeder recht haben. Für andere Meinungen ist niemand mehr offen. Die Mullahs von heute haben das Gesicht des Islams völlig verändert. Zum Beispiel ist das Lügen im Islam strengstens verboten. Es heißt, dass die Lüge die Wurzel allen Übels sei. Aber wenn man auf die Politik schaut, sieht man, dass dort nur gelogen wird. Alle machen sie dem Volk falsche Versprechungen. Alle sind sie falsche Muslime."

„So ist es. Ich habe Menschen für die kleinsten Dinge lügen gesehen, obwohl das völlig unnötig war. Ihren Kindern verbieten sie zu lügen, aber selber lügen sie unentwegt."

Sakina war kein Mensch der Tiefgründigkeit. Tatsächlich hatte sie diese Reise nur angetreten, um Gottes Wohlgefallen zu erlangen. Es war ihr völlig egal, was die Leute in Mekka taten und wie sie sich nach der Pilgerreise zu Hause verhielten. Sie war nicht so gebildet wie Sofias Großmutter und konnte sich daher auch nicht im selben Umfang wie sie für solche Diskussionen begeistern.

Da sie sehr müde geworden war und befürchtete, dass Sofia ein neues Thema beginnen würde, sagte sie schnell: „Ich glaube, dass ich jetzt auch dusche. Danach sollten wir uns schlafen legen, sonst schaffen wir es morgen nicht rechtzeitig aufzustehen." Müden Schrittes ging sie ins Bad.

Als Sofia am nächsten Tag aufwachte, war Sakina schon dabei, sich auf das Tahajjud-Gebet[12] vorzubereiten. Nachdem beide nacheinander ins Bad gegangen waren, beteten sie und gingen um sieben Uhr frühstücken. Anschließend brach die Gruppe nach Medina auf, um die dortigen heiligen Orte zu besichtigen. Die erste Station war die Prophe-

---

[12]Sondergebet, dass in der Zeit zwischen Mitternacht und dem Morgengebet verrichtet werden kann.

tenmoschee, deren Grundstein der Prophet Mohammed selbst gelegt hatte und die von den nachfolgenden muslimischen Herrschern erweitert wurde. Sofia hatte die Moschee schon auf vielen Bildern gesehen, doch als sie tatsächlich vor ihr stand, war sie von ihrer Pracht überwältigt. Sie dachte an die kleine Moschee aus dem Film, *Mohammed* und war völlig in Gedanken versunken.

Sakina berührte ihre Schulter und fragte: „Sofia, Schatz, woran denkst du gerade?"

Sofia drehte sich zu ihr herum, blickte wieder auf die Moschee und sagte: „Ich muss an die Entwicklung denken, die die Moschee im Laufe ihrer Geschichte von der Zeit des Propheten bis heute gemacht hat. Sie ist das genaue Gegenteil der Entwicklung der islamischen Glaubensgemeinschaft. Alle sind sie miteinander verfeindet. Jede Glaubensrichtung hält sich für die einzig richtige. Wenn alle Muslime der Welt ihre Differenzen beilegten und sich vereinten, könnten sie wieder zu alter Größe zurückfinden. Ich wünschte, dass sich die Herzen aller, die diese Moschee betreten, auch außerhalb von ihr für die anderen Menschen öffneten."

„In diesem egoistischen Zeitalter ist das unmöglich. Aber wir können an diesem heiligen Ort zumindest dafür beten. Lass uns weitergehen!"

Sakina konnte nicht sehr lange stehen und wollte daher weiter, um sich hinzusetzen und kurz auszuruhen. Sofia stützte sie, indem sie ihren Arm unterhakte, und gemeinsam gingen sie weiter.

Als nächstes stand die Moschee Quba auf dem Programm. Mittlerweile hatten sich unter den Reisenden viele kleine Grüppchen gebildet. Während alle in ihre Gespräche vertieft waren, gedachten sie im Stillen Gottes und beteten für die Erfüllung ihrer Wünsche.

Am Abend kehrten alle ins Hotel zurück. Nach dem

Abendessen versammelten sich um neun Uhr einige Leute aus der Gruppe in dem Raum, in dem der Vortrag stattfand. Der Redner begann über die Grundlagen und den Sinn der Umra zu sprechen. Manches davon hatte Talib bereits am Anfang der Reise erzählt.

Sofia fragte sich wieder, ob man all die Gebote nur in Mekka und Medina zu beachten hatte. Durfte man etwa, wenn man wieder zu Hause war so viel sündigen, wie man wollte? Brauchte man nur während der Pilgerfahrt Gott um Vergebung zu bitten? Sie erinnerte sich an etwas, was ihre Großmutter ihr gesagt hatte, nämlich dass viele Leute nur zum Haddsch fuhren, damit sie ihrem Namen das Wort Haji hinzufügen konnten. Nachdem sie von der Reise zurückkehrten, waren sie voller Hochmut und hielten sich ihren Mitmenschen gegenüber für überlegen.

Über was für Dinge mache ich mir da schon wieder Gedanken?, fragte sie sich. Sie versuchte, diese Gedanken loszuwerden. Von dem, was der Redner noch gesagt hatte, hatte sie nichts mehr mitbekommen, denn als sie aus ihrer Gedankenwelt zurückkehrte, war der Vortrag bereits zu Ende und die Leute begannen, in ihre Zimmer zurückzukehren.

Für den nächsten Tag waren keine Aktivitäten von Seiten der Gruppe geplant, sodass jeder Medina besichtigen konnte, wie er wollte. Als Sofia, Sakina und Haamid, der Bruder ihrer Tante Samina nach dem Frühstück auf das Taxi warteten, um in die Stadt zu fahren, kam ihnen Talib entgegen.

Er blieb stehen und fragte: „Wollen Sie die Stadt besichtigen?"

„Ja, so ist es. Wir warten auf das Taxi", antwortete Haamid.

Talib erklärte, er könne sie begleiten, wenn sie es

wollten, denn er würde jeden Winkel Medinas kennen. Da alle froh waren, nicht ständig nach dem Weg fragen zu müssen, willigte Haamid sofort ein. Sofia befiel das Gefühl, dass Talib die ganze Zeit nur auf sie gewartet hatte. Sie hatte schon vorher einige Male gedacht, dass er bewusst ihre Nähe gesucht hatte, doch tat sie diesen Gedanken als Einbildung ab, hakte sich bei Sakina ein und folgte Haamid zum Taxi. Die Männer unterhielten sich während der Fahrt miteinander, wohingegen die Frauen die meiste Zeit schwiegen. Talib stellte Sofia hin und wieder eine Frage, worauf sie ihm aber nur kurz und knapp antwortete.

Am nächsten Morgen versammelte sich die Gruppe in der Lobby des Hotels, um gemeinsam nach Mekka zur Umra aufzubrechen. Nachdem Talib alle durchgezählt hatte, ließ er die Gruppe auschecken und die Reise begann. Während der Fahrt erteilte er ihnen alle nötigen Anweisungen. Mit ihrer Ankunft um halb zwei begannen auch die Vorbereitungen für die Umra.

Talib erklärte ihnen die Verhaltensregeln: „Betreten Sie die Kaaba als erstes mit dem rechten Fuß. Wiederholen Sie dabei immer wieder das Glaubensbekenntnis. Beachten sie unbedingt, während des Umkreisens der Kaaba nicht zu drängeln. Halten Sie sich nicht zu lange an einem Ort auf, denn Sie sind nicht alleine. Gehen Sie daher, nachdem Sie dort gebetet haben, sofort weiter. Während der Umra dürfen die Frauen sich nicht verschleiern. Berühren Sie den schwarzen Stein mit der rechten Hand und küssen Sie ihn danach. Wenn zu viele Leute dort sind und dies nicht möglich ist, dann deuten Sie es nur mit der Hand an."

Wieder und wieder wurden dieselben Dinge wiederholt und Sofia dachte nur noch daran, wie viel Frieden in der Welt herrschen würde, wenn jeder sich an das hielte, was Talib und der Mann bei dem Vortrag gesagt hatten; wenn man diese Dinge nicht nur während der Pilgerfahrt, sondern auch im Alltag beachtete. Den anderen Menschen Platz zu machen oder sich nicht zu lange an dem Ort aufzuhalten, sollte doch eine Selbstverständlichkeit sein. Aber wenn man auf die Welt blickte, so sah man, dass jeder Mensch versuchte, sich seinen Platz zu sichern, ohne auf die anderen Rücksicht zu nehmen. Und wenn er einen guten Platz hatte, gab er ihn um keinen Preis wieder her. Wenn aber die Menschen ihren Platz nicht verließen, wie konnten dann neue nachrücken?

Sofia schüttelte heftig den Kopf. Ich sollte mich auf das konzentrieren, weshalb ich hier bin. Allein durch Grübeln kann ich nichts verändern, dachte sie.

Dann betraten sie die Kaba und begannen mit der Durchführung der rituellen Handlungen.

Am nächsten Tag fuhren sie zu den heiligen Orten Mekkas. Sofia fiel die Umra leicht, da an ihr viel weniger Leute teilnahmen als am Haddsch und so mehr Zeit zur Durchführung der rituellen Handlungen blieb.

Die Gruppe verbrachte zwei Tage in Mekka, dann wurden Geschenke für die Verwandtschaft gekauft. Am Tag der Abreise fuhren alle gemeinsam in einem Bus zum Flughafen in Jeddah. Eine Reise, die sich in ihrer Besonderheit von weltlichen unterschied, ging zu Ende. Doch mit ihrem Ende begann für Sofia etwas Neues, von dem sie noch nichts ahnte.

Das Flugzeug landete pünktlich in Karatschi, wo sie den Anschlussflug nach Peschawar nahmen. In Peschawar stellte Sofia mit großem Schrecken fest, dass ihr Koffer fehlte. Als sie Talib darauf aufmerksam machte, beruhigte er sie und ließ sie zurück, um sich nach ihrem Gepäck zu erkundigen. Sofias Onkel und ihre Großmutter warteten draußen auf sie und begannen, sich Sorgen zu machen, da bereits alle Passagiere des Fluges das Gate durchschritten hatten, von Sofia aber jede Spur fehlte. Es vergingen zwanzig Minuten, bis Talib zurückkam und ihr erzählte, dass ihr Koffer in ein, zwei Tagen bei der Firma ankommen würde. Er persönlich würde ihn zu ihr nach Hause bringen. Sofia bedankte sich und verließ mit ihm gemeinsam den Flughafen.

Während Sofia im Polizeirevier grübelte, erstarrte sie plötzlich: War ihr Koffer tatsächlich Vergessen worden? Warum hatte man ihn nicht direkt zu ihr nach Hause gebracht, sondern stattdessen an Talibs Firma geschickt? Und warum war Talib selbst gekommen, um ihn zu ihr zu bringen?

Das alles war kein Zufall gewesen; der Koffer war absichtlich umgeleitet worden, damit Talib sie nach der Umra noch einmal sehen konnte. Es war ein hinterhältiger Plan, eine Intrige!

8

Nach Sofias Geburt war Hameeds Leben von Tag zu Tag schwieriger geworden. Er konnte seinen Arbeitsplatz nicht einfach aufgeben, und wenn er Sofia mit Sara alleine ließ, hinderte ihn die ständige Sorge vor einem erneuten psychischen Zusammenbruch Saras daran, sich auf seine Arbeit zu konzentrieren. Zudem begleitete ihn die ständige Angst, dass Peter wieder auftauchen könnte, schließlich stammte er aus dieser Stadt. Sara befand sich in psychiatrischer Behandlung, und es war ihr aufs strengste verboten, Alkohol zu trinken. Doch bei jeder sich bietenden Gelegenheit fing sie wieder damit an und musste folglich abermals eingewiesen werden. Hameed spielte mit dem Gedanken, Sofia zu seiner Mutter nach Pakistan zu schicken, um wieder ungestört seiner Arbeit nachgehen zu können. Er hätte sie in den Ferien besuchen oder sie zu sich holen können, doch auch seine Mutter war berufstätig und hätte ihr möglicherweise nicht die Aufmerksamkeit schenken können, die ein Kind benötigte. Außerdem wollte er dieses kleine und hilflose Geschöpf nicht von seinen Eltern trennen. So beschloss er, das Glück seines Kindes nicht wegen seiner Arbeit zu zerstören, und sich so lange beurlauben zu lassen, bis Sofia drei Jahre alt sein würde und er sie in eine Kindertagesstätte schicken konnte.

Nachdem Sofia zweieinhalb Jahre alt geworden war, hatte sich Saras Zustand nach ausgiebiger Behandlung so sehr gebessert, dass sie sich um sie zu kümmern begann. Sie badete sie, wechselte ihre Kleidung, ging mit ihr zum Spielplatz, fütterte sie regelmäßig und erledigte alle Besorgungen. Auch Hameed gegenüber besserte sich ihr Verhalten. Er empfand großes Mitleid für Sara, denn er wusste, wie sehr sie sich bemühte, ihr Leben wieder in den Griff zu bekommen, und dass der kleinste Zwischenfall sie dorthin zurückwerfen konnte, wo sie angefangen hatte. Aus diesem Grund wollte er nicht voreilig handeln. Er begann, sich mehr um sie zu kümmern, und versuchte, sie vor ihren Sorgen abzuschirmen. Auch bemühte er sich, so viel wie möglich von Sofias Pflege zu übernehmen. Die Atmosphäre im Haus wurde wieder harmonisch. Abends, wenn das Wetter gut war, zog Hameed Sofia an und ging mit ihr und Sara spazieren. Beide gingen wie in der Zeit nach ihrer Hochzeit Hand in Hand den Fluss entlang. An den Wochenenden besuchten sie wieder Saras Eltern. Es schien Hameed, dass der Sturm endlich vorübergezogen war und ihnen eine friedliche Zeit bevorstand. Er spielte sogar mit dem Gedanken, seine Arbeit wieder aufzunehmen, doch die Angst, dass Sara dies überfordern könnte, ließ ihn diesen Einfall beiseiteschieben und darauf warten, dass die Lage sich noch mehr entspannte.

Doch diese Ruhe war nur vorübergehend. Eines Abends, als beide zum Spazierengehen das Haus verließen, erzählte ihm Sara, dass am nächsten Tag in ihrer alten Schule ein Klassentreffen stattfinden würde. Sie habe vor einiger Zeit eine Einladung erhalten und wollte zunächst nicht hingehen, dann aber, nachdem einige ihrer alten Freunde sie angerufen und ihr mitgeteilt hatten, dass sie auch kamen, änderte sie ihre Meinung.

Hameed überkam ein ungutes Gefühl. „Was ist denn so ein Klassentreffen? Ich habe davon noch nie gehört."

Sara erklärte es ihm: „Man trifft sich mit den ehemaligen Klassenkameraden auf dem alten Schulgelände und geht danach zusammen in ein Restaurant oder in eine Kneipe. Durch diese Treffen hat man die Möglichkeit, alte Erinnerungen aufzufrischen und alte Kontakte wiederherzustellen. Der eigentliche Grund dafür ist natürlich die Neugier, was aus den Anderen wohl geworden ist, wer geheiratet hat oder mit wem zusammen ist; wer welchen Job hat, oder wie viele Kinder."

„Welche deiner alten Freunde kommen denn?"

„Du kennst nicht alle von ihnen", wich Sara seiner Frage aus.

„Aber du hast das mir gegenüber überhaupt nicht erwähnt."

„Ich habe dir doch gerade gesagt, dass ich zuerst nicht die Absicht hatte, dorthin zu gehen."

„Können Sofia und ich mitkommen?"

„Nein, ich werde alleine gehen."

„Wenn ich wegen Sofia nicht mitkommen kann, kann ich einen Babysitter für sie rufen."

„Nein, das geht nicht. Ich werde alleine gehen, du bleibst mit Sofia zu Hause!", erwiderte sie bestimmt.

Etwas in Hameed sagte ihm, dass er Saras Teilnahme an diesem Treffen unbedingt verhindern musste. Doch wie sollte er das tun?

„Soll ich dich zur Schule fahren?"

„Nein. Ich kenne den Weg dorthin. Mach dir also keine Sorgen. Ich werde auch nicht lange bleiben."

„Sara, ich habe Angst, dass du wieder einen Rückfall erleiden wirst. Wenn du wieder gesund bist, kannst du meinetwegen so oft du willst zu solchen Treffen gehen, aber im Moment solltest du Dinge, die einen schlechten Einfluss auf deine Psyche haben können, meiden."

„Was meinst du mit ‚solchen Treffen'? Das ist nur ein Wiedersehen alter Schulkameraden und keine Party", antwortete Sara gereizt.

„Aber ich befürchte, dass du nicht widerstehen kannst, wenn dir Alkohol angeboten wird. Und du weißt, was nur die kleinste Unachtsamkeit bei dir auslösen kann." Hameed hatte nun das geäußert, was ihm auf der Seele lag.

„Du hast doch nur Angst, dass ich durchdrehe, wenn

ich dort etwas trinke, gib's zu!"

„So habe ich das nicht gemeint. Ich möchte nur nicht, dass wegen einer kleinen Unvorsichtigkeit deine Gesundheit und unser Familienleben erneut in Gefahr geraten."

„Ich verstehe deine Sorgen, aber so etwas wird nicht passieren. Ich werde sehr vorsichtig sein. Lass mich nur fröhlich hingehen. Ich verspreche dir, dass ich im selben Zustand, in dem ich mich jetzt befinde, wieder zurückkommen werde."

Doch Hameed glaubte ihr nicht. Er hätte sie am liebsten begleitet, aber da das nicht möglich war, blieb ihm nichts anderes übrig, als nachzugeben.

Am nächsten Abend, als Sara sich auf das Treffen vorbereitete, wünschte sich Hameed, dass sich irgendein Zwischenfall ereignete, der sie daran hinderte, dorthin zu gehen. Doch nichts dergleichen geschah. Während Sara sich zurechtmachte, bedauerte er, nicht mit ihr irgendwohin verreist zu sein. Er wusste, dass Peter ihr Klassenkamerad gewesen war und ebenfalls an diesem Treffen teilnehmen würde. Bestimmt hatte sie von seiner Teilnahme erfahren und wollte nur deshalb dorthin. Er sah wieder das Bild vor seinen Augen, wie sie in der Kneipe ihren Kopf auf seine Schultern gelegt hatte. Vor lauter Sorgen fand er die ganze Nacht keinen Schlaf und vernachlässigte sogar Sofia. Hilflos lief er im Wohnzimmer auf und ab. Er befürchtete, dass Sara sich wieder innerlich von ihm entfernen würde und all seine Bemühungen, sein Familienleben zu retten, damit zerstört wären.

Sara indes ahnte nichts von all dem, was sich in Hameeds Kopf abspielte, und bereitete sich zur gleichen Zeit im Schlafzimmer auf das Treffen vor, fröhlich vor sich hinsummend. In ihrem hellgrünen Kleid und ihrem leichten Make-Up sah sie wunderschön aus. Der Kummer war aus ihrem Gesicht vollständig verschwunden. Es war schon sehr lange her, dass sie sich so zurechtgemacht hatte. Vor nicht allzu langer Zeit hatte Hameed sogar ihre Kleidung aussuchen müssen.

„Ich gehe jetzt. Mach dir keine Sorgen um mich. Ich werde nicht lange bleiben", sagte sie und ging mit dem Autoschlüssel in Richtung Tür.

Hameed hätte sie am liebsten wieder hineingezogen und im Schlafzimmer eingeschlossen, denn er wusste genau, dass ein Wiedersehen mit Peter sie tagelang verstören würde. Doch er konnte nichts tun. Sara verließ tänzelnd das Haus. Er blickte aus dem Fenster und sah, wie sie vor sich hinsummend die Autotür aufschloss. Der Wagen fuhr los und er schaute ihr hinterher.

Als er sich vom Fenster wegdrehte, stand die kleine Sofia vor ihm und blickte ihn an.

„Papa, ich will raus!", quengelte sie.

Nachdem Hameed seine Nerven mit einem Glas kalten Wasser beruhigt hatte, nahm er sie auf den Arm und sagte: „Okay. Lass uns gehen."

Er verließ mit ihr zusammen die Wohnung, in der Hoffnung, die frische Luft würde ihn beruhigen. Während des halbstündigen Spaziergangs ließ die kleine Sofia ihn mit ihren kindlich unschuldigen Fragen Sara vorübergehend vergessen.

Als sie zurückkehrten, trafen sie die Nachbarin Emilie. „Na, sind Vater und Tochter heute ohne Sara unterwegs?"

„Sara ist heute bei einem Klassentreffen." Hameed hatte das Treffen mit besonderer Absicht erwähnt. Er wollte nämlich wissen, ob es so etwas tatsächlich gab oder ob Sara sich das nur ausgedacht hatte.

„Sara hat Glück, dass sie in derselben Stadt wohnt, in der ihre Schule ist. Ich zum Beispiel muss nach Berlin fahren", erklärte die Nachbarin.

Vielleicht hat sie Glück, ich aber ganz bestimmt nicht, dachte Hameed und fragte weiter: „Muss man daran teilnehmen?"

„Man muss nicht. Aber es ist sehr aufwendig, die alten Freunde wiederzufinden und dieses Treffen zu organisieren. Wenn man die Möglichkeit hat hinzugehen, warum nicht? Es ist doch immer schön, sich mit seinen Freunden gemeinsam an alte Zeiten zu erinnern."

„Nimmst du David mit?"

„Nein. Was soll er dort machen? Die Ehemänner oder Ehefrauen würden sich nur langweilen. Ich gehe auch nicht zu Davids Treffen."

Es beruhigte Hameed etwas, zu hören, dass solche Treffen in Deutschland normal waren. Er fragte sich, warum er sich überhaupt so viele Gedanken machte. Schließlich waren neben Sara und Peter bestimmt noch andere ehemalige Klassenkameraden dort. Er verabschiedete sich von seiner Nachbarin und ging in die Wohnung zurück. Ein Blick auf die Uhr verriet ihm, dass es 19 Uhr war. Er ging in die Küche, setze Sofia in den Kinderstuhl und begann, ihr Essen aufzuwärmen. Doch mit seinen Gedanken war er bei Sara. Was sie wohl machte? Vor seinen Augen sah er immer wieder das Bild, wie sie ihren Kopf auf Peters Schultern gestützt hatte. Er hatte völlig vergessen, warum er in der Küche war.

„Papa! Ich habe Hunger!"

Sofias Stimme holte ihn wieder zurück. „Warte ein bisschen. Das Essen muss noch warm werden. Gleich bekommst du es."

„Wann kommt Mama?"

„Sie kommt vielleicht später. Nach dem Essen erzähle ich dir eine Geschichte, dann gehst du wie alle braven

Kinder ins Bett."

„Okay. Welche Geschichte erzählst du heute?"

„Welche möchtest du denn hören?"

„Erzähl mir eine neue Geschichte!"

„Iss erst einmal. In der Zwischenzeit denke ich mir eine aus."

Sofia begann schweigend zu essen. Hameed kehrte mit seinen Gedanken wieder zu Sara zurück. So ging das eine ganze Weile, bis Sofia die Stille unterbrach.

„Papa!"

Hameed schrak auf.

„Hast du überlegt, welche Geschichte du mir erzählst?"

„Ja, darüber habe ich gerade nachgedacht."

„Du hattest so viel Zeit und hast dir immer noch nichts überlegt."

„Bis ich dich ins Bett gebracht habe, werde ich mir etwas ausdenken."

Sofia begann, große Bissen zu nehmen, um so schnell wie möglich die neue Geschichte zu hören. Hameed ermahnte sie deshalb nicht einmal, denn er dachte nur an Sara, die ihren Kopf auf Peters Schulter gelegt hatte.

Als Sofia zu Ende gegessen hatte sagte sie: „Guck mal, bin fertig. Ich will jetzt in mein Zimmer."

Nachdem Hameed sie ins Bad gebracht und ihr ihre Schlafsachen anzogen hatte, legte er sich neben sie aufs Bett und begann, ihr eine selbst ausgedachte Geschichte zu erzählen. Als Sofia eingeschlafen war, deckte er sie zu und verließ das Zimmer. Er ging ins Schlafzimmer und nahm ein Buch in die Hand, das er vor einigen Tagen angefangen hatte zu lesen. Es fiel ihm jedoch schwer, sich darauf zu konzentrieren. Die Buchstaben tanzten vor seinen Augen und er verstand nichts von dem, was er las. Schließlich legte er das

Buch beiseite und schaltete den Fernseher ein. Doch als auch dort nichts Interessantes lief, oder ihm zumindest nichts als interessant erschien, schaltete er ihn aus, ging zum Fenster im Wohnzimmer und schaute auf die vorbeifahrenden Autos. In den letzten Monaten war Sara abends immer zu Hause gewesen. Nachdem sie Sofia ins Bett gebracht hatten, schauten beide gemeinsam fern oder unterhielten sich. Den Abend heute alleine verbringen zu müssen, fiel ihm schwer. Die Frage, was Sara wohl im Augenblick machte, beschäftigte ihn fortwährend. Er befürchtete, dass sie gerade mit Peter zusammen saß, trank und in einer schlechten Verfassung nach Hause kommen würde. In seiner eigenen kleinen Welt begann es wieder zu kriseln. Er versuchte sich mit dem Gedanken zu beruhigen, dass alle zu solchen Veranstaltungen gingen und Saras Teilnahme daher nichts Besonderes war. Doch dann erinnerte er sich daran, dass Sara im Gegensatz zu den anderen keinen Alkohol trinken durfte.

 Es war erst neun. Die Zeiger der Uhr schienen festgefroren zu sein. Er wünschte sich, dass die Zeit schneller vergehen und Sara bald nach Hause kommen würde. Doch es wurde zehn, elf, zwölf Uhr, und sie war noch immer nicht zurück. Hameeds Alarmglocken begannen zu läuten. Was konnte er tun? Wo hätte er um diese Uhrzeit nach ihr suchen sollen? Hätte er gewusst, wo ihre Schule war, wäre er sofort aufgebrochen und hätte alle Kneipen in der Nähe nach ihr abgesucht. Nun lag er im Bett und der verdammte Schlaf ließ sich nicht blicken.

 Dann fiel ihm ein, dass Sara das Auto genommen hatte. Großer Gott! Was passiert, wenn sie betrunken Auto fährt?

 Er stand auf und begann, im Raum umherzugehen. Um zwei Uhr hörte er das Auto in der Einfahrt. Gott sei Dank, sie war wohlbehalten nach Hause gekommen!

Während er innerlich diese Worte sprach, hörte er, wie ein weiterer Wagen vor seinem Haus hielt. Er lief schnell zum Fenster und sah, wie ein Mann Sara aus dem Auto half. Aus dem anderen Wagen stiegen zwei Frauen. Hatte Sara etwa einen Unfall gehabt?

Er war gerade im Begriff, auf die Straße hinauszustürzen, doch als der Mann draußen sich aufrichtete und Hameed sah, dass es Peter war, verzichtete er darauf. Es klingelte. Hameed öffnete die Tür und die beiden Frauen halfen Sara die Treppen hinauf. Sie stellten sich vor und erzählten ihm, dass alles in Ordnung gewesen wäre, bis ein ehemaliger Klassenkamerad begann, Dias aus der Schulzeit zu zeigen. Währenddessen hatte sich Saras Gemütszustand plötzlich verändert und sie hätte begonnen, ein Bier nach dem anderen zu bestellen. Sie sagten, dass sie über ihre Alkoholsucht nichts gewusst hätten. Sie hatten sich so sehr darüber gefreut, sie nach so einer langen Zeit wiederzusehen. Sie hätten darauf gewartet, dass ihr Zustand sich besserte und sie alle nach Hause fahren könnten, doch als es ihr zusehends schlechter ging und sie immer mehr trinken wollte, beschlossen sie, sie nach Hause zu bringen. Sie bedauerten den Vorfall sehr und sagten Hameed, wie sehr sie sich freuten, seine Bekanntschaft gemacht zu haben.

Nach all diesen Oberflächlichkeiten gingen sie wieder. Peter hatte draußen gewartet. Er hatte nicht gewagt, die Treppen hinaufzusteigen und Hameed zu begrüßen.

Es war genau das eingetreten, was Hameed befürchtet hatte. Sara war stark angetrunken. Sie wusste nicht, wo sie sich befand und wer sie nach Hause gebracht hatte. Hameed brachte sie ins Schlafzimmer und ging mit seinem Kissen und seiner Decke wie immer ins Wohnzimmer. Die einzige Möglichkeit für ihn, der Situation zu entfliehen.

Sofia war durch das Klingeln und das Geräusch der

Tür aufgewacht und begann zu weinen. Hameed ging schnell zu ihr ins Zimmer und versuchte sie wieder zum Schlafen zu bringen. Er wollte nicht, dass sie ihre Mutter in diesem Zustand sah. Sara lallte vor sich hin. Ihr Zustand verriet, dass es ihr in den nächsten Tagen sehr schlecht gehen würde. Vielleicht musste sie wieder in eine Klinik. Er bedauerte es einmal mehr, seine Verlobung mit Zubaida gelöst zu haben. Er bedauerte es, sich in Sara verliebt zu haben. Er bedauerte es, eine so kranke Frau wie sie geheiratet zu haben. Er bedauerte es, ihretwegen seinen Eltern das Herz gebrochen zu haben. Doch was geschehen war, konnte nicht mehr rückgängig gemacht werden.

9

Ein Unglück kommt selten allein, und oftmals folgt einem einzigen Problem gleich eine ganze Kette weiterer. So sollte es auch Hameed ergehen. Er hatte darauf gewartet, dass Sofia drei Jahre alt wurde und er sie in eine Kindertagesstätte schicken konnte. Er wollte endlich wieder seiner Arbeit nachgehen und der erdrückenden Atmosphäre zu Hause entfliehen. Als Sofia dann in den Kindergarten kam, erfuhr er, dass während seiner Abwesenheit seine Stelle an eine andere Person vergeben worden war. Man legte ihm nahe, sich anderweitig umzusehen. Diese Nachricht schockierte ihn sehr, denn er hatte fest damit gerechnet, nach den drei Jahren seine Arbeit ohne Probleme wieder aufnehmen zu können; über die Veränderungen an seinem Arbeitsplatz hatte man ihn vollkommen in Unkenntnis gelassen. Er war sich sicher, dass der Grund dieser ungerechten Behandlung nur in seiner Herkunft lag, und er bedauerte es nun, seinen sicheren Arbeitsplatz in der Schweiz wegen Sara aufgegeben zu haben. Nur ihretwegen war er damals nach Deutschland gekommen! Die Erkenntnis, dass er sie doch dazu hätte drängen sollen, zu ihm in die Schweiz zu ziehen, quälte ihn. Wären sie dort geblieben, hätte Sara Peter nicht wiedergesehen, seine familiäre Situation wäre nicht so bedrückend und er hätte seinen Job nicht verloren. Das Bedauern wurde zu seinem ständigen Begleiter, mal bereute er das eine, dann wiederum etwas anderes.

Nachdem er jedoch den ersten Schock überwunden und seine Situation analysiert hatte, beschloss er, dass ihm widerfahrene Unrecht nicht wie sonst schweigend hinzunehmen, sondern für sein Recht zu kämpfen. Da er hier ein Haus gekauft hatte, Sara hier in Behandlung war und Sofia einen Platz in einem guten Kindergarten bekommen hatte, wollte er unter keinen Umständen in eine andere Stadt ziehen. Er beauftragte einen guten Anwalt, den es nicht interessierte, woher sein Klient kam. Das Einzige, was für ihn zählte, war sein Honorar, und so stürzte er sich in den Fall. Nach sechs Monaten entschied das Gericht zu Hameeds Gunsten. Die Person, die seinen Arbeitsplatz erhalten hatte, wurde in eine andere Abteilung versetzt, und neben seinem alten Arbeitsplatz erhielt Hameed rückwirkend das Gehalt der letzten sechs Monate. Doch die Atmosphäre auf der Arbeit hatte sich verändert. Dieselben Leute, die ihn am Anfang mit Freuden aufgenommen hatten, wechselten nun kein Wort mehr mit ihm. Er erledigte dort nur noch seine Arbeit und ging danach sofort nach Hause. Sein Arbeitsplatz bot ihm keinen Schutz mehr vor der bedrückenden Situation daheim, denn auch dort erwartete ihn nur noch Bitterkeit. Wenn es Sofia nicht gegeben hätte, hätte er wohl alles stehen und liegen gelassen und wäre nach Pakistan zurückgekehrt. Da er sie aber nicht für seine eigenen Enttäuschungen büßen lassen wollte, verwarf er die Idee, mit ihr nach Pakistan auszuwandern und sie ihrer Mutter zu entreißen. Er musste bleiben und versuchen, sein Leben trotz dieser Misere zu gestalten. Es gab niemanden, mit dem er sein Leid teilen konnte, und er bemerkte, dass er immer depressiver wurde.

Dann geschah etwas. Vielleicht hatte Gott ihn doch nicht völlig verlassen. Eines Tages, als Hameed bei leichtem Regen von seiner Arbeit zurückkehrte, sah er vor dem Haus an der Ecke eine pakistanische Familie stehen; ein großer Mann mit seiner Frau und seinen zwei Kindern, ein Junge und ein Mädchen. Die Frau trug einen Schleier. Von Neugier gepackt hielt er den Wagen an, ließ die Scheibe hinunter und grüßte sie. Die Frau rührte sich nicht von der Stelle, doch der Mann lief auf ihn zu. Auch die beiden Kinder bewegten sich ein wenig auf Hameed zu, blieben dann aber stehen und begannen das Geschehen aufmerksam zu beobachten.

Hameed fragte: „Sind Sie aus Pakistan?"

„Ja, so ist es", lautete die Antwort des Mannes.

„Was führt Sie denn hierher?"

„Wir haben das Haus hier gekauft."

Hameed spürte große Freude in sich aufsteigen. „Das ist ja wunderbar! Mein Name ist Hameed. Ich wohne ebenfalls in dieser Straße, in dem Haus dort vorne."

„Ich heiße Yousaf Khan. Wir haben vorher in Berlin gelebt. Als mich meine Firma hierher versetzt hat, haben wir zunächst etwa drei Monate in einem Gästehaus gewohnt. Nun haben wir dieses Haus hier gekauft. In einigen Tagen werden wir inschallah einziehen. Es freut mich sehr, Sie kennenzulernen. Das ist übrigens meine Frau Nazima. Und das sind Sayid und Maria".

„Meine Frau heißt Sara. Sie ist Deutsche. Außerdem habe ich eine Tochter. Ihr Name ist Sofia. Beim nächsten Mal werde ich Sie miteinander bekanntmachen."

Von hinten ertönte ein leichtes Hupen. Die Freude, Landsleuten begegnet zu sein, hatte Hameed völlig vergessen lassen, dass er mit seinem Wagen mitten auf der Straße stand. Nachdem er ihn an die Seite gefahren hatte, gab er Yousaf seine Visitenkarte, verabschiedete sich und fuhr weiter.

Die Bekanntschaft mit ihm brachte wieder Farbe in Hameeds tristes Leben. Yousaf war ein gebildeter, lebenslustiger und sehr interessanter Mensch, der sich für Poesie begeisterte. Zu jeder Situation hatte er einen Vers oder einen Witz parat, wodurch er jeder Gesellschaft Leben einhauchte. Auch Nazima war ein fröhlicher Mensch. Sofia hatte in Maria, die in denselben Kindergarten wie sie ging, eine neue Freundin gefunden. Zwischen beiden Familien entwickelte sich in kurzer Zeit eine enge Freundschaft. Es dauerte nicht lange, bis Yousaf und Nazima Hameeds schwierige Situation erkannten, und so versuchten sie, ihm so oft wie möglich zu helfen. Morgens brachten Yousaf oder Nazima Sofia zusammen mit Mariya in den Kindergarten, um Hameed etwas zu entlasten. Die Bekanntschaft mit Yousafs Familie war für ihn ein Segen. Hin und wieder gesellte sich auch Sara zu ihnen, wenn sie zusammensaßen, meistens jedoch verließ sie nicht ihr Zimmer. Hameed hatte mit Yousaf jemanden gefunden, mit dem er all seine Sorgen teilen konnte.

10

Sofia saß bei ihrer Großmutter und erzählte ihr von den Ereignissen während ihrer Pilgerreise. Sie erzählte von allen Leuten, deren Bekanntschaft sie dort gemacht hatte und die ihr geholfen hatten. Vor allem lobte sie Talib, weil er die Gruppe so gut geführt hatte, und berichtete, dass alle mit ihm sehr zufrieden waren.

„Dadi Ma, ich bedauere es überhaupt nicht mehr, dass ich nicht nach Swat fahren konnte, denn ich habe eine Reise unternommen, die meine Welt im Innersten verändert hat. Ich werde versuchen, all das, was ich während der Umra gelernt habe, in meinem Alltag anzuwenden. Auch habe ich beschlossen eines Tages zum Haddsch zu fahren, vielleicht mit Papa."

„Ich wäre sehr froh darüber, wenn meine Enkelin das tun könnte, was mir nicht möglich ist."

„Aber Dadi Ma, so alt bist du nun auch wieder nicht. Wenn du den Haddsch nicht vollziehen kannst, dann kannst du doch zumindest an der Umra teilnehmen. Ich habe dort Frauen gesehen, die viel älter waren als du."

„Als meine Enkelin wirst du mich natürlich als jung bezeichnen, aber wie du weißt, strengt mich das Laufen sehr an. Wenn du den Hadsch vollzogen hast, wird es für mich so sein, als ob ich selber dort war", versuchte die Großmutter sich herauszureden.

Doch Sofia gab nicht nach. „Nein Dadi Ma, an der Umra haben auch Leute im Rollstuhl teilgenommen. Ich könnte deinen Rollstuhl schieben."

Während dieses Gesprächs regte sich in der Großmutter einmal wieder die Sehnsucht, das Haus Gottes zu betreten. „Also gut, wenn du nächstes Jahr wieder herkommst und ich dann noch am Leben bin, werde ich vielleicht mitkommen.

Es klingelte an der Tür.

„Sofia, Schatz, kannst du nachsehen wer da ist? Im Augenblick ist außer uns niemand zu Hause, öffne daher die Tür erst, nachdem du nachgefragt hast."

Sofia ging zur Tür, öffnete diese ein wenig und schaute hinaus. Vor ihr stand Talib mit einem Koffer.

„Oh, mein Koffer ist da", sagte sie schnell.

„Ja, er ist gestern Abend gekommen. Leider war ich sehr beschäftigt und konnte ihn daher erst jetzt bringen."

„Das macht nichts. Vielen Dank dafür. Nun kann ich endlich allen ihre Geschenke geben." Sofia war so froh darüber, endlich ihren Koffer wiederbekommen zu haben, dass sie ohne Zurückhaltung zu Talib sagte: „Komm rein. Ich stelle dich meiner Großmutter vor. Warte eine Minute! Ich sag ihr vorher Bescheid."

Sie ließ ihn draußen stehen und ging zu ihrer Großmutter hinein. „Dadi Ma, mein Koffer ist da. Talib hat ihn hergebracht. Er wartet draußen vor der Tür. Soll ich ihn hereinbitten?" Sie sprach über ihn, als ob er und ihre Großmutter sich bereits gut kennen würden.

„Führe ihn ins Wohnzimmer. Ich komme gleich."

Sofia eilte zur Tür zurück. Der Koffer befand sich noch immer draußen bei Talib. „Komm herein!"

Als sie das Wohnzimmer erreichten, trat auch die Großmutter ein. Talib grüßte sie. Sie erwiderte den Gruß, setzte sich aufs Sofa und bat ihn, ebenfalls Platz zu nehmen. Sofia setzte sich neben ihre Großmutter.

„Schatz, möchtest du unserem Gast keinen Tee anbieten?"

Sofia sprang auf und ging in Richtung Küche.

Die Großmutter schob ihre Brille zurecht. „Mein Sohn, Sofia war glücklich und sehr zufrieden, als sie von der

Reise zurückkam. Möge Allah dich dafür belohnen, dass du eine so ehrenhafte Aufgabe machst."

„Na ja, ich versuche nur, meine Arbeit so gut wie möglich zu machen", antwortete Talib bescheiden und in paschtunischem Akzent.

„Wie lange gehst du dieser Tätigkeit schon nach?"

„Nicht sehr lange. Nach meinem Bachelor habe ich einige Zeit als Touristenführer gearbeitet. Danach habe ich eine Anstellung in einer Schule bekommen. Da man aber mit dem Gehalt eines Lehrers nicht gut leben kann, habe ich auf Anraten meines Onkels den Beruf aufgegeben und arbeite jetzt in seiner Reisefirma."

„Heißt das, du bist alleine?"

„Mein Vater ist im Afghanistankrieg gegen die Russen gefallen. Seitdem kümmere ich mich um meine Mutter und meine fünf Geschwister."

„Du bist also kein Pakistani, sondern Afghane?"

„Mütterlicherseits bin ich Pakistani und väterlicherseits Afghane. Die Familie meines Vaters lebt in Afghanistan und die meiner Mutter in Pakistan."

„Und die Familie meines Vaters ist pakistanisch und die meiner Mutter deutsch", sagte Sofia, während sie den Raum betrat und das Tablett mit dem Tee auf den Tisch stellte.

„Ach so. Und wieso haben Sie die Umra nicht aus Deutschland, sondern aus Pakistan angetreten?", wiederholte er die Frage aus ihrer ersten Begegnung.

„Ich glaube, solange du keine Antwort bekommst, wirst du keine Ruhe geben", antwortete Sofia lachend. „Nun, als ich aus Deutschland kam, hatte ich nicht die Absicht, an der Umra teilzunehmen. Ich wollte eigentlich nach Swat fahren. Aber wegen der momentanen Situation dort musste ich davon Abstand nehmen. Dann habe ich von der Umra-

Gruppe erfahren und dachte mir, dass ich die Gelegenheit ergreifen sollte, da ich sowieso eines Tages nach Mekka pilgern wollte."

„Möchten Sie noch immer nach Swat reisen?", fragte Talib schnell.

„Eigentlich schon, außerdem noch nach Gilgit und Hunza. Es wollte eine Freundin von mir aus Deutschland kommen, doch ich habe ihr absagen müssen."

„Es ist natürlich Schade, dass ihre Freundin nicht kommen kann", erwiderte Talib. Nach einer kurzen Pause fuhr er fort: „In Swat ist es momentan tatsächlich zu unsicher. Wenn Sie aber noch immer nach Hunza fahren möchten, kann ich für Sie eine Reise dorthin organisieren. Wir wären dann auch für Ihre Sicherheit verantwortlich. Im Augenblick kommen dort keine Touristen mehr hin, daher könnten Sie für einen sehr niedrigen Preis ein Hotelzimmer bekommen."

Sofia schaute zu ihrer Großmutter.

Diese sagte: „Wir müssten uns vorher mit Sofias Onkel absprechen. Er kommt erst am Abend zurück."

„Überlegen Sie es sich. Ich werde mich ebenfalls informieren. Ich würde mitkommen und wäre für Ihren Schutz verantwortlich."

„Nur Gott kann die Menschen beschützen. Wenn Waheed nach Hause kommt, werden wir darüber reden", entschied die Großmutter.

Sofia tanzte innerlich vor Freude, ließ sich aber nichts anmerken und schwieg.

Nachdem Talib seinen Tee ausgetrunken hatte, stand er auf und reichte Sofia seine Visitenkarte.

„Rufen Sie mich an, wenn Sie sich entschieden haben. Geben Sie mir am besten auch ihre Nummer. Falls ich etwas Besonderes herausfinden sollte, werde ich Sie kontaktieren."

Talib hatte gerade die Türschwelle überschritten, als Sofias Cousins Sohail und Amir und ihre Cousine Shehla hineinstürmten.

„Sofia Baji[13], wer war der Mann?", fragte Amir, der Jüngste der Geschwister.

„Das war Talib, der Führer unserer Pilgergruppe. Er hat mir meinen Koffer gebracht."

„Zeig uns schnell unsere Geschenke. Und was hat er über Gilgit und Hunza gesagt?", schob Amir hinterher.

„Soso. Ihr habt uns also heimlich belauscht."

„Sag doch. Was hat der Mann über Hunza gesagt?", wollte nun auch Sofias Cousine Shehla wissen.

„Der Mann hat auch einen Namen."

„Ja, das wissen wir. Du hast uns erzählt, dass er Talib heißt. Aber was interessiert uns sein Name? Wir wollen wissen, was er über das Hunza-Tal gesagt hat." Amir ließ nicht locker.

„Er sagte nur, dass er unseren Aufenthalt und unsere Unterkunft organisieren könnte, wenn wir dorthin fahren wollen."

„Oh, wie aufmerksam von ihm!", spottete Sohail, der älteste des Trios.

Sofias Tante, die ebenfalls gerade nach Hause gekommen war, gesellte sich zu ihnen, nachdem sie die vielen Stimmen im Wohnzimmer gehört hatte. „Worüber wird hier diskutiert?"

„Der Mann, der Sofia Bajis Gepäck gebracht hat, würde uns eine Reise nach Gilgit und Hunza organisieren", erklärte Shehla ihr.

„Und weiter?"

---

[13] Anrede für die ältere Schwester bzw. Cousine

„Wir wollen dorthin!"

Die drei begannen, auf ihre Mutter einzureden, in der Hoffnung, sie würde einwilligen,

„Im Augenblick kann ich nichts dazu sagen. Erst einmal müsst ihr eure Großmutter um Erlaubnis fragen. Außerdem müssen wir auf euren Vater warten, damit wir alles mit ihm besprechen können."

Die drei machten einen Satz und belagerten nun die Großmutter. „Dadi Ma. Schau mal, unsere Ferien kommen bald. Wir sind schon so lange nicht mehr verreist. Wir haben über das Hunza-Tal und Gilgit so viel gelesen, waren aber noch nie dort. Sofia Baji ist jetzt auch hier. Bitte erlaubt uns, mit ihr dorthin zu fahren!"

Sofia, die in ihren drei Cousins hervorragende Anwälte für ihren Fall gefunden hatte, brauchte nichts mehr zu sagen und wartete schweigend ab.

„Sag doch auch etwas dazu. Sofia Baji!", bat Shehla sie um Unterstützung

„Was soll ich denn sagen? Ihr macht eure Sache wunderbar."

„Komm schon. Lass uns nach Hunza und Gilgit fahren. Das wird ein Riesenspaß!", versuchte auch Amir sie zu überzeugen.

„Woher wollt ihr wissen, dass das ein Spaß wird?"

„Weil es mit dir immer Spaß macht!"

„Ich kann das nicht entscheiden. Wenn alle mitfahren, dann komme ich auch."

„Sag doch nicht so etwas. Als du zur Umra fahren wolltest, hast du in nur wenigen Minuten alles organisiert. Du hast sogar deinen Vater überredet."

„Okay, lasst jetzt Sofia in Ruhe", unterbrach ihre Mutter. „Das Essen steht bereit, also kommt jetzt. Wenn euer Vater heute Abend nach Hause kommt, werden wir darüber reden."

Währenddessen hatte Sofia ihren Koffer geöffnet und begann, die Geschenke zu verteilen. Die drei belagerten wieder Sofia und verfolgten mit großer Neugier die Geschenkübergabe. Nachdem alles überreicht war, gingen alle gut gelaunt zu Tisch.

Um fünf Uhr kam Sofias Onkel Waheed zurück. Nachdem er seine Aktentasche abgestellt und sich von seinem Jackett und seiner Krawatte befreit hatte, setzte er sich zu seiner Mutter. Seine drei Kinder gesellten sich dazu und warteten darauf, endlich von ihrem Urlaub sprechen zu können. Auch Sofia wollte das, doch vermied sie es, das Thema anzustoßen.

Waheed merkte, dass seine Kinder einen Wunsch hatten, doch um sie auf die Folter zu spannen sagte er: „Ich gehe jetzt ins Schlafzimmer, um mich auszuruhen."

„Nein, bleib hier. Dadi Ma will dir etwas sagen!"

„Woher wisst ihr denn, dass Dadi Ma mir etwas sagen möchte?", fragte er, während um seine Lippen ein Lächeln spielte.

„Dadi Ma, sag es doch dem Papa. Sofia Baji, sag es doch!"

„Also schön, wenn ihr so ungeduldig seid, dann spreche ich mit eurem Vater. Es ist so, dass Sofias Gepäck aus Jeddah zurückgekommen ist. Der Junge, der ihre Pilgergruppe angeführt hat, brachte es heute. Dabei hat er uns angeboten, einen Aufenthalt in Gilgit und Hunza zu organisieren. Er sagte, dass er in diesem Gebiet viele Kontakte habe und deshalb keine Gefahr für uns bestünde."

„Und wann?"

„Jetzt, in den Frühlingsferien."

Der Onkel begann, an seinem Schnurrbart zu zupfen. „Zu dieser Jahreszeit sind die Straßen dort wegen Regenfällen und Erdrutschen oft unpassierbar. Die Wartungsarbeiten beginnen Ende April, erst im Mai können sie wieder befahren werden. Jetzt dorthin zu fahren, wäre Wahnsinn."

„Stimmt. Daran habe ich nicht gedacht. Wir sind immer Ende August oder Anfang September nach Swat gefahren", sagte Sofia nach kurzem Überlegen.

Enttäuscht fragte Shehla: „Und wo machen wir dann Urlaub?"

„Ihr könnt nach Taxila fahren. Ich besorge euch einen Wagen. Außerdem könnt ihr noch ein paar Tage in Islamabad verbringen."

„Wir waren schon so oft in Islamabad!", protestierte Amir.

„Macht doch nichts. Dann fahrt ihr eben noch einmal dorthin."

„Sofia Baji, du wolltest doch unbedingt nach Hunza." Die drei gaben nicht auf.

„Soso, ihr benutzt nun eure Sofia Baji für eure Zwecke", sagte Sofia und lachte. „Ich würde wirklich gerne mit euch dorthin fahren, aber es ist besser, jetzt zu warten, als bei diesem Wetter dann dort irgendwo festzusitzen. Im September werde ich nicht wiederkommen können, zweimal in einem Jahr nach Pakistan zu fliegen ist einfach zu teuer. Deshalb muss diese Reise bis zum August oder September im nächsten Jahr warten."

Das aber ließ der Onkel nicht auf sich sitzen: „Die Reise wird inschallah dieses Jahr stattfinden, denn ich werde meiner Nichte ein Ticket kaufen. Wir können jetzt alles organisieren und dann im September nach Gilgit fahren."

„Aber für Ammi wäre doch eine Reise in die Berge ziemlich schwierig", wandte Tante Samina ein.

„Macht euch keine Sorgen um mich", antwortete die Großmutter. „Ich werde schon jemanden finden, der sich um mich kümmert. Sprecht mit Talib und lasst ihn alles arrangieren."

Dann klingelte das Telefon. Onkel Waheed nahm ab. Es war Talib. „Ich habe mich nach der Reise erkundigt und wollte nachfragen, wie Sie sich entschieden haben. Wenn Sie Interesse haben, könnte ich das für Sie organisieren."

„Wie du sicher weißt, ist es zu dieser Jahreszeit nicht vernünftig, dorthin zu reisen. Wir haben deshalb beschlossen, erst im Sommer, Ende August oder Anfang September dorthin zu fahren."

„Aber Fräulein Sofia hat gesagt, dass sie im April wieder nach Deutschland zurückfliegt", sagte Talib mit großer Vorsicht, in der Befürchtung, ihr Onkel könnte ihn fragen, was ihn das überhaupt anging.

Dieser aber antwortete freundlich: „Ja, sie wird zurückfliegen, aber im August kommt sie wieder. Am besten, du organisierst unseren Aufenthalt für diesen Zeitraum."

„Ich werde Sie selber dorthin bringen. Lassen Sie sich von Fräulein Sofia meine Nummer geben. Kontaktieren Sie mich am besten spätestens zwei Wochen vor der Abreise, damit ich alles rechtzeitig regeln kann."

11

Die Freundschaft zwischen Hameed und Yousaf Khan wurde immer intensiver. Hameed beneidete ihn um sein persönliches Glück. Er bedauerte es sehr, die durch seine Eltern arrangierte Verlobung gelöst zu haben. Die Fröhlichkeit Yousafs und seiner Familie ließ ihn sich immer öfter seiner Einsamkeit bewusst werden. Sara und er waren zwar offiziell noch ein Ehepaar und lebten unter demselben Dach, doch innerlich hatten sie sich so weit voneinander entfernt, dass Hameed mit dem Gedanken spielte, sich von ihr zu trennen und eine pakistanische Frau zu heiraten.

Er saß auf der Terrasse und seine Gedanken kreisten gerade um diese Frage, als es an der Tür klingelte. Er öffnete und vor ihm stand Yousaf.

„Entschuldige, dass ich einfach so komme, ohne vorher Bescheid zu sagen. Nazima ist gerade bei irgendeiner Frauenrunde und die Kinder sind auch beschäftigt. Daher dachte ich, mal bei dir vorbeizuschauen. Wenn du Zeit hast, könnten wir uns zusammensetzen."

„Das freut mich", antwortete Hameed. „Ich fühle mich im Augenblick sehr einsam. Sara ist nicht da und Sofia macht ihre Hausaufgaben. Ich bin froh, dass du gekommen bist, das lenkt mich etwas ab."

Yousaf trat ein und sie nahmen auf der Terrasse Platz.

„Hameed, kann ich dich etwas fragen?"

„Nur zu. Hab keine Hemmungen!"

„Ist zwischen dir und Sara alles in Ordnung? Mir ist aufgefallen, dass ihr beide sehr wenig Zeit miteinander verbringt und kaum miteinander redet. Sie setzt sich auch nie zu uns, und wenn doch, schweigt sie die ganze Zeit. Ich kann mir auch nicht vorstellen, dass ihr gegen euren Willen geheiratet habt. Auch um Sofia kümmerst nur du dich. Du siehst immer so traurig aus ..."

Nach kurzem Schweigen erwiderte Hameed: „Ja, es sieht nicht gut aus zwischen uns."

Er erzählte Yousaf nun die ganze Geschichte, von der Lösung der Verlobung durch seine Eltern, seiner Liebe zu Sara, über ihre Untreue, ihre Alkoholabhängigkeit und ihre psychische Verfassung.

Danach sagte er voller Wehmut: „Wie gut du es hast. Du hast eine pakistanische Frau geheiratet, die die gleiche Religion hat wie du."

„So sind wir Männer nun einmal, mein Freund. Kaum haben wir etwas Erfolg, schon halten wir uns für die größten. Wenn wir eine westliche Frau finden, glauben wir, einen großen Fang gemacht zu haben. Ganz unter uns, ich habe denselben Fehler gemacht wie du. Meine Verlobung mit Nazima wurde ebenfalls durch meine Eltern arrangiert. Als ich zum Studieren nach Deutschland gekommen bin, habe ich ein deutsches Mädchen kennengelernt, und ich habe, sagen wir einmal geglaubt, dass ich sie liebte. Genau wie du hatte ich die Angelegenheit mit Nazima beendet. Aber Gott sei Dank wurde mir sehr schnell klar, dass ich einen großen Fehler gemacht hatte. Nachdem ich einige Zeit mit meiner Freundin zusammengelebt hatte, begriff ich, dass zwischen unseren Ansichten Welten lagen und wir nie zueinander finden würden, egal wie sehr wir uns auch bemühten. Die Tatsache, dass wir verschiedenen Religionen angehörten, aus verschiedenen Kulturen kamen und verschiedene Lebensstile hatten, führte immer wieder zu Konflikten. Sie konnte für mein Beten und mein Fasten kein Verständnis aufbringen. Im Gegenzug konnte ich mich mit ihrem freieren Lebensstil nicht anfreunden. Mir wurde schnell klar, dass wir zwar Freunde sein, aber niemals als Mann und Frau zusammen leben konnten. Ich traf dann eine spontane Entscheidung. Ich kaufte ein Flugticket und flog direkt nach Pakistan. Mit der Hilfe meiner Mutter konnte ich wieder Kontakt zu Nazima aufnehmen. Ich bat sie aus tiefstem Herzen um Verzeihung. Unsere Hochzeit wurde bald darauf vollzogen und ich nahm sie mit nach Deutschland. Ich danke Gott, dass sie mir vergeben hat. Auf diese Entscheidung bin ich heute noch stolz."

„Für mich ist es zu spät. Ich könnte zwar eine pakistanische Frau heiraten, aber ich möchte Sofia keine Stiefmutter zumuten. Sie ist nämlich der Mittelpunkt meines Lebens."

Während Sofia ihre Hausaufgaben machte, bekam sie Durst und ging in die Küche. Als sie gerade ein Glas mit Wasser füllte, hörte sie durch das Küchenfenster die Unterhaltung von Onkel Yousaf und ihrem Vater und erstarrte. An diesem Tag erfuhr sie alles: die Einsamkeit ihres Vaters, die Krankheit ihrer Mutter und die Spannungen zwischen ihnen. Nachdem sie alles gehört hatte, ging sie zitternd in ihr Zimmer zurück.

12

Nach Deutschland zurückgekehrt, widmete Sofia sich wieder ihrem Studium. Amir, Sohail und Shehla zählten voller Ungeduld die Tage bis zum August, bis ihre große Cousine endlich wieder nach Pakistan käme und sie ihren Urlaub im beeindruckendsten Gebirge der Welt verbringen konnten. Sie telefonierten jede Woche mit ihr, um sich zu vergewissern, dass sie ihre Pläne nicht geändert hatte. Manchmal neckte sie sie, indem sie ihnen sagte, sie könne nicht nach Pakistan kommen, da ihr Studium sie zu sehr beanspruche.

Voller Sorge flehten sie dann, ihre Reise nicht abzusagen. „Bitte Sofia Baji! Du hast noch dein ganzes Leben zum Studieren, doch diese Möglichkeit werden wir nicht mehr bekommen. Papa hat Talib Bhai bereits zugesagt und schon alles organisiert!"

Sofia beruhigte sie dann immer: „Keine Angst, ich wollte euch doch nur ärgern."

Die vier Monate vergingen fast so schnell, als ob es sich nur um Tage handelte. Der August kam und Sofia flog nach Pakistan. Die gesamte Familie empfing sie am Flughafen. Sofia war überglücklich, denn sie hätte es sich niemals vorstellen können, zweimal in einem Jahr nach Pakistan zu reisen. Die Vorbereitungen zur Fahrt nach Hunza waren abgeschlossen und sie hatte endlich die Möglichkeit, dieses Tal, das sie bislang nur aus Büchern und Erzählungen kannte, mit eigenen Augen zu sehen.

In der Zwischenzeit hatte sich Talib mit ihrem Onkel und den Kindern angefreundet. Der Plan sah vor, dass die Reise erst zwei Tage nach Sofias Ankunft beginnen sollte, damit sie sich von ihrem Flug erholen konnte. Für die Fahrt wurde ein Zwölfsitzer gemietet. Damit die Großmutter, die wegen ihrer Gesundheit an der Reise nicht teilnehmen konnte, die zehn Tage nicht alleine verbringen musste, blieb ihre Schwägerin Shahida bei ihr. Die Kinder waren sehr aufgeregt, und am Abend vor der Abreise herrschte im ganzen Haus großer Trubel. Es wurden Proviant, verschiedene Kartenspiele für die Fahrt und festes Schuhwerk für das Gebirge eingepackt. Die Kinder packten Schokolade, die Sofia ihnen auf ihren Wunsch aus Deutschland mitgebracht hatte, und ihre Lieblingsgetränke ein.

Da der Aufbruch für den nächsten Morgen um acht Uhr geplant war, gingen alle früh zu Bett. Aber Sohail, Shehla und Amir war nach allem anderen als Schlafen zumute. Sofia packte gerade ihre Sachen, als sich die Tür langsam öffnete und die drei in ihr Zimmer schlichen.

„Warum seid ihr noch wach?"

„Wir können nicht schlafen", sagte Amir.

„Was wollt ihr hier?"

„Wir wollen uns mit dir unterhalten."

„Es ist zu spät dafür. Versucht jetzt zu schlafen. Wir reden morgen", sagte Sofia liebevoll.

„Aber du bist doch auch wach", protestierte Shehla.

„Ich muss meine Sachen packen. Ein paar Dinge fehlen noch. Danach gehe ich auch ins Bett. Also geht jetzt schlafen. Wir sehen uns morgen."

„Wir können dir beim Packen helfen", unternahm Amir einen letzten Versuch, seine große Cousine umzustimmen.

„Nein, danke. Das ist meine Aufgabe und deshalb mache ich es selber. Geht jetzt. Wir sehen uns morgen. Gute Nacht!"

Sofia lächelte, während die drei mit enttäuschten Gesichtern das Zimmer verließen.

Am nächsten Morgen wachten alle sehr früh auf. Nachdem sie im Bad gewesen waren und gebetet und gefrühstückt hatten, warteten sie auf Talib. Um halb acht stand der Wagen an der Auffahrt. Talib und der Fahrer stiegen aus und verstauten das Gepäck, das vor dem Tor bereitstand, im Wagen. Nachdem es verladen war, ging Sofias Onkel zurück ins Haus und rief die anderen zusammen. Alle verabschiedeten sich von der Großmutter, die sie daran erinnerte, während der Fahrt das Reisegebet zu sprechen und für alle ein Gebet sprach. Samina erklärte Shahida nochmals, welche Medikamente die Großmutter benötigte, und nachdem sich alle verabschiedet hatten, stiegen sie einer nach dem anderen in den Wagen. Es wurde vereinbart, möglichst wenige Pausen einzulegen, um zügig voranzukommen.

Talib teilte ihnen über die Sehenswürdigkeiten, an denen sie vorbeifuhren, alles mit, was er über sie wusste. Sofia hielt die ganze Zeit ihren Reiseführer in der Hand.

Als sie an der Stadt Mardan vorbeifuhren, sagte sie, während sie auf die Karte schaute: „Die Ruinen des buddhistischen Klosters Takht Bahi sind doch hier in der Nähe."

„Ja, etwa fünfzehn Kilometer von hier entfernt", antwortete Talib.

„Können wir dort kurz halten? Ich würde sie gerne sehen. Auf der Rückfahrt sind wir ja auf einer anderen Route."

Da der Onkel Sofia ihren Wunsch nicht abschlagen konnte, sagte er zum Fahrer: „In Ordnung. Fahr uns zum Kloster."

Und so fuhren sie dorthin. Talib begann während der Fahrt, alles Bedeutsame über die Tempelanlage zu erzählen.

Sofia aber unterbrach ihn und fing an aus ihrem Reiseführer vorzulesen: „Archäologen unterteilen den Bau der

Klosteranlage in vier Phasen. Die erste Phase erstreckt sich vom ersten Jahrhundert vor Christus bis zum zweiten Jahrhundert nach Christus. Die zweite Phase beginnt im dritten Jahrhundert und endet im vierten nach Christus. Die dritte Phase beginnt im vierten Jahrhundert nach Christus und endet im fünften Jahrhundert. Und … "

„Stopp, das reicht! Ich kann mir die ganzen Zahlen nicht merken. Wir gucken uns alles an und das war's", sagte Amir, während er Sofia den Mund zuhielt. Alle brachen in lautes Gelächter aus.

„Wussten Sie, dass es in der Umgebung von Takht Bahi noch weitere kleine Überbleibsel der buddhistischen Kultur gibt?", wandte sich Talib an Sofia.

„Ich denke, dass wir unsere Reise fortsetzten sollten, nachdem wir die Tempelanlage gesehen haben. Sonst kommen wir hier nicht mehr von der Stelle", unterbrach der Onkel Talib, in der Befürchtung, dass möglicherweise weitere Wünsche geäußert werden könnten.

Währenddessen hatten sie die Ruinen erreicht. Alle stiegen aus dem Wagen und betraten das Gelände.

„Wir bleiben nicht länger als eine Stunde. Schaut euch alles schnell an, dann fahren wir weiter", entschied der Onkel.

„Wir leben schon so lange hier, haben aber nie daran gedacht, diese Ruinen zu besichtigen. Na ja, dank Sofia haben wir nun die Möglichkeit dazu."

„Nicht nur das. Wir unternehmen sogar die ganze Reise nur wegen Sofia. Normalerweise fahren wir in den Ferien nach Karatschi, Lahore oder Islamabad, aber kulturelle Sehenswürdigkeiten besuchen wir selten", stimmte Onkel Waheed seiner Frau zu.

Sofia lief derweil mit dem Reiseführer in der Hand voran und ihre drei Cousins neben ihr.

Als Amir in den Wänden Nischen sah, fragte er: „Warum sind diese Dellen in der Wand?"

„Hier wurden Lampen hingestellt", erklärte Sofia.

„Wie eigenartig, dass die damals nicht einmal Strom hatten", sagte Shehla in ihrer unschuldigen Art.

„Als ob wir jetzt Strom hätten. Dauernd fällt der doch in Pakistan aus! Mindestens zehn Mal am Tag! Er kommt kurz, dann ist er schon wieder weg", sagte Sohail, verärgert über die Zustände in seinem Land.

„Mach dir keine Sorgen! Wenn ich Premierminister bin, werde ich dafür sorgen, dass es genug Strom für alle gibt", entgegnete Amir entschlossen.

Sohail musste lachen. „Du und Premierminister? Du bist ja nicht der Sohn eines Großgrundbesitzers, dass du Premierminister werden könntest. Und falls du es doch schaffen solltest, wirst du niemals diese korrupte Gesellschaft verändern können. Nach einiger Zeit würdest du dasselbe tun wie deine Vorgänger."

„Warum kann ich nichts verändern? Jeder Mensch kann etwas verändern, wenn er als erstes bei sich anfängt. Ihr werdet schon sehen!"

Es dauerte nicht lange, bis sie das ganze Gelände abgelaufen hatten und wieder beim Wagen standen.

„Wenn ihr Tee oder Wasser trinken wollt, solltet ihr das jetzt tun. In den nächsten drei Stunden werden wir nicht wieder halten."

Der Onkel holte eine Thermoskanne aus dem Wagen und schenkte allen ein. Sie tranken und aßen noch etwas, bevor sie sich wieder in den Wagen setzten.

Da Sohail, Amir und Shehla die ganze Nacht nicht geschlafen hatten, fiel es ihnen nun schwer, ihre Augen offen zu halten. Als das Auto wieder fuhr, schliefen sie bereits, und auch Tante Samina fielen die Augen zu. Onkel Waheed,

Talib und der Fahrer unterhielten sich miteinander, der Fahrer erzählte ihnen einige Dinge über die Gegend. Sofia hörte ihnen aufmerksam zu und stellte hin und wieder eine Frage.

Die Straße wurde nun steiler und sie kamen nur noch langsam voran. Sofias Tante begann, sich wegen des Anstiegs unwohl zu fühlen und lehnte mit geschlossenen Augen ihren Hinterkopf an den Sitz. Alle anderen waren in Gespräche vertieft. Die Landschaft veränderte sich und unterschied sich mehr und mehr vom Flachland. An einer schmalen Kurve näherte sich mit hohem Tempo ein Lastwagen, der so schwer beladen war, dass er jeden Augenblick umzukippen drohte. Onkel Waheed bat den Fahrer, an der Seite zu halten, da der Lastwagenfahrer nicht die Absicht zu haben schien, seine Geschwindigkeit zu drosseln oder sie vorbeizulassen. Der Fahrer hielt an einer Stelle, die breit genug war. Der Lastwagen raste die Straße hinunter und für einen Augenblick schien es, dass der Fahrer die Kontrolle über ihn verloren hatte.

Shehla schrie auf.

„Keine Angst. Wird schon nichts passieren. Lastwagenfahrer fahren nun einmal so", beruhigte der Fahrer sie.

Wenig später erreichten sie den Ort Basham. Talib erklärte ihnen, dass sich direkt neben dem Karakorum-Highway ein großes Hotel befand, wo sie zu Abend essen und nächtigen konnten, und dass sie am nächsten Tag die Reise fortsetzen würden. Der an ihnen vorbeifließende Indus, die kleinen Autos und die großen Lastwagen, die mühevoll die Straße hinaufkrochen und der besondere Duft, der in der Luft lag, boten ihnen eine Atmosphäre, die sich vollkommen von dem unterschied, was sie bislang kannten. Es war eine Fahrt von nur wenigen Stunden gewesen, aber sie hatte sie vom Flachland in diese völlig andere Welt gebracht.

Sofias Onkel schlug vor, in dem Hotel erst einmal

eine Tasse Tee zu trinken und danach die Zimmer zu reservieren.

Talib trat an ihn heran, und sagte: „Lassen Sie mich über den Preis für die Zimmer verhandeln. Aus Angst vor Terroristen kommen kaum noch Touristen in dieses Gebiet. Wir werden die Zimmer sicherlich zu einem guten Preis bekommen."

„Einverstanden, mein Junge, regle du das! Es ist ziemlich traurig, dass der Tourismus in unserem Land unter dem Terrorismus leidet."

Talib ging ins Hotel und verhandelte mit dem Inhaber. Nachdem er wieder herauskam, erzählte er ihnen, dass sie ein Dreibettzimmer für sechshundert Rupien bekommen würden. Normalerweise würde in der Hochsaison das gleiche Zimmer drei- bis viertausend Rupien kosten.

Die Stimmung war gut, und so ging man, um den Sonnenuntergang anzuschauen. Der Himmel war völlig klar. Die Sonne war hinter den Berggipfeln verschwunden, die im rötlichen Abendlicht schimmerten. Sofia wünschte, dass dieser Augenblick nie enden und die Dunkelheit nie über sie hereinbrechen würde, doch wie an jedem Tag würde auch an diesem die Sonne untergehen und die Nacht anbrechen.

Als es langsam dunkel wurde, verließen der Onkel und die Tante den Balkon und gingen auf ihr Zimmer, um sich auszuruhen. Sofia, Amir, Sohail, Shehla und Talib ließen sich auf Stühlen nieder, die dort standen, und begannen sich zu unterhalten.

„Erzählen Sie uns mehr über Deutschland. Gibt es dort auch solche Berge?", fragte Talib Sofia.

„Der Schwarzwald in Deutschland ist Murree oder Swat sehr ähnlich. Wenn man von Karlsruhe aus mit dem Auto oder mit der Straßenbahn nach Bad Herrenalb fährt, sieht die Umgebung so aus wie in Murree. Oben verläuft eine kurvenreiche Straße und fährt eine Straßenbahn. Ebenso grün wie Swat ist das Ufer des Rheins."

„Findest du es in Deutschland oder in Pakistan schöner?", wollte Sohail wissen.

„In Pakistan ist es nur in den Bergen grün, während es in Deutschland überall grün ist", erwiderte Sofia knapp.

Sohail grinste. „Das war jetzt aber nicht die Antwort auf meine Frage."

„Ich habe keine ausführlichere Antwort."

„Wofür interessieren sich die jungen Menschen in Deutschland?", stellte Amir die nächste Frage.

„Fußball ist dort sehr beliebt."

„Wie sieht es mit Cricket aus?"

„Ist nicht so bekannt."

„Und Hockey?"

„Deutschland hat eine sehr gute Hockeymannschaft."

„Ich finde es schade, dass, obwohl Hockey in Pakistan Nationalsport ist, unsere Mannschaft immer schlechter wird", bedauerte Sohail.

„Okay, Sofia Baji. Sag mal, auf wessen Seite du wärst, wenn die pakistanische und die deutsche Hockeymannschaft gegeneinander spielen würden", fragte Shehla neugierig.

„Ich würde hoffen, dass es unentschieden ausgeht. Ich würde keine der beiden Mannschaften als Verlierer sehen wollen."

„Stimmt es, dass in Deutschland alle sehr pünktlich sind? Ich habe gehört, dass die Züge dort so pünktlich sind, dass man seine Uhr nach ihnen stellen kann."

„Die Menschen sind auf jeden Fall viel pünktlicher als hier. Aber die Zeiten, in denen man die Uhr nach den Zügen stellen konnte, sind vorüber. Heutzutage verspäten sich die Schnellzüge, manchmal sogar um eine Stunde."

„Tatsächlich? Okay, erzähl uns mehr von Deutschland!" Shehla war nun in Fahrt gekommen.

„Wenn ihr mich in Deutschland besuchen kommt, werdet ihr genug darüber erfahren", antwortete Sofia mit einem Lächeln.

„Wie soll das gehen? Die Deutschen stellen doch sowieso keine Visen aus", widersprach Sohail seiner Cousine. „Weißt du noch, als dein Vater unseren Papa für einen Monat nach Deutschland einladen wollte, und Papa von den deutschen Behörden kein Visum bekommen hat?",

„Macht erst einmal euren Schulabschluss. Bis dahin werde ich einen Job haben. Dann werde ich euch einladen und die Behörden persönlich darum bitten, meinen lieben Cousins und meiner liebe Cousine ein Visum auszustellen, weil sie mir Pakistan gezeigt haben und ich ihnen deshalb Deutschland zeigen möchte."

Talib, der dem Gespräch mit Interesse zugehört hatte, schaute auf die Uhr und sagte: „Es ist gleich 20 Uhr. Lasst uns in den Speisesaal gehen."

Nachdem alle gegessen hatten, gingen sie auf ihre Zimmer, um sich schlafen zu legen. Die Erschöpfung durch die Reise steckte ihnen tief in den Knochen und so dauerte es nicht lange, bis alle schliefen.

Am nächsten Tag brach die Gruppe planmäßig nach dem Frühstück auf. Die kahlen, zum Himmel emporragenden Berge, die Karakorum Straße, die sich an ihnen entlangschlängelte, und der Indus formten eine märchenhafte Umgebung. Die Straße stieg immer höher an und entfernte sich vom Indus. In großer Entfernung waren an den Berghängen vereinzelt kleine Häuschen zu sehen. Die bunt verzierten

LKWs, die voll beladen mühevoll die Straße hinauffuhren, waren mit ihrer Farbenpracht im Gegensatz zum kargen Streckenabschnitt eine angenehme Abwechslung für das Auge. Auf der Strecke, die mit ihren Steigungen und Kurven fast die ganze Zeit unverändert blieb, war an manchen Passagen so gut wie kein Grün zu entdecken, nur vereinzelt zeigten sich Grünflächen, die sich um Quellen gebildet hatten. Hin und wieder konnte man einige Ziegen sehen. Wenn ihnen ein Auto oder Lastwagen entgegenkam, hielten sich alle automatisch an ihrem Vordersitz fest, und erst wenn das entgegenkommende Fahrzeug an ihnen vorbeigefahren war, lockerten sie ihren Griff wieder. Sofia hatte wieder ihren Reiseführer aufgeschlagen und erzählte von einigen interessanten Aussichtspunkten, die auf ihrer Route lagen.

„Was für Aussichtspunkte?", fragten Amir und Sohail wie aus der Pistole geschossen.

„Nur Geduld. Ihr werdet es schon sehen. Ich habe euch das nur erzählt, damit ihr nicht einschlaft, nachdem ihr so viel gegessen habt", versuchte Sofia ihr Interesse zu wecken.

„Talib Bhai, weißt du etwas darüber?"

„Ja. Aber wie Fräulein Sofia schon gesagt hat, müsst ihr warten."

Die beiden schauten mit langen Gesichtern nach draußen.

Nachdem Sohail auf einem steinernen Wegweiser mit großer Anstrengung etwas entziffern konnte, sagte er: „Killer Mountain."

„Siehst du. Du hast es selber herausgefunden", lobte Sofia ihn.

„Wir kommen gleich zu dem Punkt, von wo aus man den Berg Nanga Parbat sehen kann", erklärte Talib.

„Hast du schon von diesem Berg gehört?", fragte

Amir seinen Bruder.

„Jaja. Ich habe im Geographieunterricht gelernt, dass viele deutsche Bergsteiger starben, als sie versucht haben, ihn zu erklimmen. Deshalb wird er Killer-Mountain genannt."

„Ich frage mich, warum die Deutschen so weit nach Pakistan fahren, um zu sterben?", fragte Amir naiv.

„Du Dummkopf! Wenn es jemand schafft, den Gipfel zu besteigen, wird er weltweit bekannt", rief Sohail triumphierend aus. „Sterben muss man sowieso. Ist doch toll, wenn man dabei noch berühmt wird."

„Ich habe gehört, dass der Berg sehr schön aussieht, wenn man ihn von einem Flugzeug aus betrachtet", erzählte Talib.

„Im Moment können wir ihn leider nur vom Boden aus sehen. Wenn sich die Möglichkeit ergibt, werden wir ihn auch vom Himmel aus betrachten", beteiligte sich der Onkel am Gespräch.

Nach einiger Zeit erreichten sie den Aussichtspunkt. Vor ihnen erhob sich einer der höchsten Berge des Karakorum. Der tief unter ihnen fließende Indus und der schneebedeckte Gipfel des Nanga Parbat, der im goldenen Sonnenlicht strahlte, boten einen zauberhaften Anblick. Sofia nahm ihre Kamera und begann, den Berg zu fotografieren.

„Es heißt, dass alle Gebete, die man spricht, während man etwas so Schönes sieht, erhört werden", sagte Tante Samina, die lange Zeit geschwiegen hatte.

„Ich glaube nicht daran, denn Gott erhört jederzeit die Gebete der Menschen. Man braucht keinen besonderen Moment, um zu beten", widersprach der Onkel.

„Ich habe nur gesagt, was ich gehört habe. Es heißt ja auch, dass die Gebete, die man beim ersten Blick auf die Kaaba spricht, sofort erhört werden." Die Tante ärgerte sich darüber, dass der Onkel sie verbessert hatte.

Sofia ignorierte die Diskussion der beiden, schloss ihre Augen und begann zu beten. Als sie das Gebet beendet hatte und die Augen öffnete, stand Amir neben ihr und flüsterte ihr ins Ohr: „Wofür hast du gebetet, Baji?"

„Wieso sollte ich dir das sagen?"

„Okay, dann sage ich dir auch nicht, wofür ich gebetet habe", erwiderte er, als ob diese Information für sie lebenswichtig wäre.

„Am liebsten würde ich hier stehenbleiben und diesen Anblick für immer festhalten", versuchte Sofia das Thema zu wechseln.

„Wie wäre es, wenn du wie deine deutschen Landsleute versuchst, den Gipfel des Berges zu besteigen? Wir können hier warten. Von oben hast du einen noch viel schöneren Ausblick", schlug Sohail Sofia vor, woraufhin diese lächelte und ihm einen sanften Klaps auf den Kopf gab.

Keiner mochte sich von dem Ausblick verabschieden, aber da sie vor dem Abend noch Gilgit erreichen wollten, konnten sie nicht länger bleiben. Nachdem sich alle in den Wagen gesetzt hatten, ging die Fahrt weiter.

„Danke Chacha!", wandte Sofia sich an ihren Onkel.

„Wofür?"

„Dafür, dass du diese Reise für mich organisiert hast!"

„Danke kannst du in deinem Deutschland sagen. Hier bedankt man sich nicht. Es ist selbstverständlich, dass dein Onkel so etwas für dich tut", belehrte Amir Sofia.

„Ich denke, dass wir uns bei Talib bedanken sollten, schließlich hat er uns zu dieser Reise ermutigt."

„Aber nein. Das ist nicht der Rede wert. Durch Sie habe ich die Möglichkeit, wieder einmal in dieses Gebiet zu reisen. Und ich muss sagen, dass ich bei meinen früheren Reisen noch nie so viel Spaß hatte."

„Oho, hast du dich etwa in unsere Sofia Baji verliebt?", platze Amir plötzlich heraus.

Talib wurde verlegen, und auch die anderen verstummten.

Die Tante versuchte, die Situation zu retten: „Musst du immer so einen Blödsinn reden?"

„Entschuldigung", sagte er und verfiel in Schweigen.

Auch die anderen waren nun in ihre Gedanken vertieft und so sprach eine ganze Zeit lang niemand mehr.

Sie erreichten das Hotel in Gilgit vor Sonnenuntergang. Bald nach der Ankunft begannen sie zu essen, um sich so früh wie möglich schlafen zu legen, da sie nächsten Morgen in der Frühe die Stadt besichtigen und danach zum Hunza-Tal weiterreisen wollten.

Während des Frühstücks erhielt Sofias Onkel einen Anruf aus seinem Büro. Ihm wurde mitgeteilt, dass ein großes Problem aufgetreten wäre und er sofort aus seinem Urlaub zurückkehren müsse. In der Gruppe entstand eine große Aufregung, denn sie hatten noch nicht einmal das Ziel ihrer Reise erreicht. Der Onkel beschloss, von Gilgit aus mit dem Flugzeug nach Peschawar zurückzufliegen und übergab Talib die Verantwortung für die Reise.

„Solange ich nicht wieder zurück bin, musst du alles regeln. Ich werde versuchen, mich zu beeilen."

Talib versprach ihm, seiner Verantwortung gerecht zu werden. Er müsse sich keine Sorgen machen und könne sich Zeit lassen, bis seine Angelegenheit erledigt wäre.

Der Onkel nahm den nächsten Flug nach Peschawar. Die anderen fuhren, nachdem sie etwa zwei Stunden in Gilgit verbracht hatten, unter der Obhut von Talib weiter nach Hunza, in die Stadt Karimabad. Dort waren sie in einem Gästehaus untergebracht. Die Umgebung begann sich nun zu ändern. Anstelle der kahlen Berge prägten große Grünflächen die Landschaft. Neben der Straße sahen sie grüne Felder und schöne Gärten. Am Straßenrand begegneten ihnen Leute, die frische Aprikosen und Äpfel verkauften. Wann immer das Auto langsamer wurde, kamen kleine Kinder herbeigerannt, und Sofia kaufte ihnen jedes Mal etwas ab, obwohl sie eigentlich nichts brauchte.

Nachdem sie an einigen Seen und Gletschern vorbeigefahren waren, sahen sie von weitem ein großes Schild, auf dem stand: „Wir heißen unseren Imam herzlich willkommen."

„Welcher Imam ist damit gemeint?", fragte Shehla.

„Karim Agha Khan, der 49. Imam der Nizariten. Die Stadt Karimabad ist sogar nach ihm benannt", erklärte Sofia.

„Nizariten? Wer sind diese Leute?"

„Die Nizariten sind ein Zweig der Ismailiten, die wiederrum eine Untergruppe der Schiiten bilden. Die Menschen im Hunza-Tal gehören dieser Glaubensrichtung an. Ich habe gehört, dass sie im Gegensatz zu den anderen Muslimen sehr liberale Ansichten haben. Ich möchte unbedingt mehr über deren Glauben und Kultur erfahren."

„Dazu wirst du nun genug Zeit haben", wandte der Onkel sich liebevoll an seine Nichte.

In Karimabad angekommen, konnten es alle kaum erwarten, sich endlich auszuruhen. Als sie das Gästehaus, in dem sie die Nächte während ihres Hunza-Aufenthalts verbringen würden, erreichten, stand das Essen schon bereit. Nachdem sie gegessen hatten, legte sich die Tante hin und Amir, Sohail und Shehla begannen, ihre Koffer zu öffnen. Sofia ging zunächst ins Bad und danach auf den Balkon, um sich zu entspannen. Als sie Talib, der dort bereits auf einem Stuhl saß, entdeckte, setzte sie sich an der gegenüberliegenden Tischseite zu ihm.

„Wie gefällt es Ihnen hier?"

„Du kannst mich ruhig duzen", sagte Sofia und lächelte.

„In Ordnung", erwiderte Talib, ebenfalls lächelnd. „Wie gefällt es *dir* hier?"

„Es ist wundervoll! Eine völlig andere Welt. Am liebsten würde ich hier für immer bleiben."

„Gefällt es dir in Deutschland nicht? Die meisten Menschen hier wären froh, wenn sie dort leben könnten."

„Wir alle haben die Schwäche, das zu wollen, was wir nicht haben können. So wie ich zum Beispiel viel lieber hier leben würde als in Deutschland", erklärte Sofia.

„Okay. Ich würde gerne etwas wissen. Warum fliegst du immer alleine nach Pakistan? Wieso kommen deine Eltern nicht mit?"

„Meine Mutter ist krank, deshalb kann mein Vater sie nicht alleine lassen. Er kommt nach Pakistan, wenn ich auf sie aufpasse."

„Welche Krankheit hat deine Mutter?"

Sofia verfiel in ein kurzes Schweigen. „Eigentlich rede ich nicht gerne darüber. Aber ich werde deine Frage beantworten, denn irgendwann im Leben muss man sich einem anderen Menschen anvertrauen."

„Wenn es dir unangenehm ist darüber zu reden, können wir uns über ein anderes Thema unterhalten."

„Nein. Frag, was du möchtest. Heute werde ich offen darüber reden", antwortete Sofia entschlossen. „Meine Mutter ist psychisch krank. Niemand in der Familie meines Vaters weiß darüber Bescheid. Sie glauben, sie könne nicht nach Pakistan kommen, weil sie sehr beschäftigt ist. Die Menschen reden offen über körperliche Erkrankungen, aber über psychische Leiden schweigen sie lieber."

Eine kurze Pause trat ein.

„Welche Art von psychischer Erkrankung hat sie?",

fragte Talib vorsichtig.

„Schon in jungen Jahren erkrankte sie an einer Depression. Sie lebt in ihrer eigenen Gedankenwelt, was um sie herum geschieht interessiert sie nicht. Sie darf keinen Alkohol oder andere Drogen zu sich nehmen, aber es gelingt ihr nicht, sich daran zu halten, und wenn sie einmal angefangen hat, kann sie nicht mehr aufhören. Dann wird es sehr schwer mit ihr. Es kam schon mehr als einmal vor, dass sie sich fast zu Tode getrunken hat. Sie muss sich mindestens zweimal im Jahr in einer Klinik behandeln lassen."

Talib schaute sie verwundert an. „Ist deine Mutter keine Muslimin?"

„Nein. Sie ist nicht zum Islam konvertiert. Vor ihrer Hochzeit hatten sich meine Eltern darauf geeinigt, den eigenen Glauben zu behalten. Mein Vater ist strenggläubiger Muslim. Meine Mutter ist zwar in einem christlichen Elternhaus aufgewachsen, ist aber nicht religiös. Sie geht nicht in die Kirche und nimmt auch nie am Gottesdienst teil."

„Hat deine Mutter nichts dagegen, dass du Muslimin bist?"

„Nein, denn meine Eltern einigten sich darauf, keinen Druck auf ihre Kinder auszuüben und sie ihre Religion selber wählen zu lassen."

„Also hast du dich aus freien Stücken für den Islam entschieden?"

„Ich würde nicht sagen, dass ich mich frei dafür entschieden habe, denn was weiß man als Kind schon über Religion", erwiderte Sofia. „Meine Mutter musste kurz nach meiner Geburt wegen psychischer Probleme in die Klinik. Von Anfang an hat sich nur mein Vater um mich gekümmert, daher war sein Einfluss auf mich auch größer. Er gab mir auch meine religiöse Erziehung. In der Schule ging ich nicht in den Religionsunterricht, da in meinen Einschulungsunterlagen stand, dass ich Muslimin sei. Zu den Elternabenden ist Papa fast immer alleine gegangen, meine Mutter war vielleicht nur wenige Male dort. Aus diesem Grund wohl hielten mich alle für eine Pakistanerin."

„Bist du gerne Pakistanerin und Muslimin?"

Sofia senkte ihren Blick und seufzte. „Die Wahrheit ist, dass ich es als Kind gehasst habe."

„Warum?"

„Ich hatte immer das Gefühl, dass die anderen mich nicht akzeptierten, oder besser gesagt, ich fühlte mich nicht dazugehörig. Wenn es in meinem Kindergarten Schweinefleisch zum Mittagessen gab, bekam ich entweder etwas aus Gemüse oder einer anderen Fleischsorte. Ich wollte immer das gleiche essen wie die anderen Kinder. Wenn ein Kind an seinem Geburtstag zum Beispiel Kuchen, Kekse oder andere Backwaren von zu Hause mitbrachte und diese Schweinegelatine enthielten, erlaubten meine Erzieherinnen mir nicht, sie zu essen. Ich schämte mich dafür vor den anderen Kindern und schaute ihnen sehnsüchtig beim Essen zu. Das Einzige, was mir blieb, war, schweigend meine Tränen zu unterdrücken. Manchmal bekam ich das Essen nicht hinunter und ging mit leerem Magen nach Hause. Ich hasste es, Muslimin zu sein. Wenn die Kinder mich fragten, warum ich kein Schwein essen durfte, hatte ich keine Antwort darauf, denn ich wusste damals schon, dass die Antwort, die man mir beigebracht hatte, dazu geführt hätte, überhaupt keine Freunde mehr zu haben. Einmal brachte ein Junge aus meiner Gruppe namens Daniel, der ein sehr enger Freund von mir war, an seinem Geburtstag sehr viel Essen mit. Er war sehr aufgeregt, denn es war sein letzter Geburtstag im Kindergarten. Persönlich gab er jedem Kind etwas auf den Teller. Als er zu mir kam und mir ein Stück Pastete anbot, warnte mich meine Erzieherin mit einem Blick, und so sagte ich zu ihm:

,Nein, das darf ich nicht essen.'

Er wurde wütend und fragte: ,Alle essen das, wieso kannst du das nicht essen?'

Wegen seines plötzlichen Zorns und meiner unterdrückten Wut, verlor ich ebenfalls die Beherrschung und schrie ihn an: ,Weil Schweinefleisch schmutzig ist!'

Daraufhin ging er auf mich los und schrie: ,Du hast mein Geburtstagsessen schmutzig genannt!'

Die ganze Atmosphäre war verdorben. Meine Erzieherin sprang auf und trennte uns. Wir beide weinten. Alle Kinder hatten aufgehört zu essen und sich um uns herum versammelt.

Die Erzieherin forderte mich auf, mich bei Daniel zu entschuldigen, aber ich weigerte mich. Daraufhin wurde mein Papa in seinem Büro angerufen und herbestellt. Auch er bat mich, mich bei Daniel zu entschuldigen, aber an diesem Tag reagierte ich trotzig und sagte: ,Du hast doch selber gesagt, dass Schweinefleisch unrein ist.'

Dennoch entschuldigte ich mich widerwillig. Ich konnte nicht verstehen, warum mein Vater von mir verlangte, mich dafür zu entschuldigen, dass ich zu etwas Schmutzigem schmutzig gesagt hatte. Und tatsächlich hat mir mein Vater nie erklären können, warum ausgerechnet Schweinefleisch unrein ist, schließlich sind die Ställe anderer Tiere genauso dreckig.

Ich hegte auch riesengroßen Groll gegenüber meiner Mutter, weil sie nur mit sich selbst beschäftigt und nie für mich da war. Vielleicht wäre ich genauso wie die anderen Kinder gewesen, wenn sie gesund gewesen wäre. Ich wurde oft wegen meiner pakistanischen Wurzeln gehänselt. Wenn ich dann sagte, das meine Mutter Deutsche sei, bekam ich zu hören: ,Aber dein Papa ist Pakistaner!' In diesem Alter wissen Kinder nicht, wie sehr sie andere mit solchen Bemerkungen verletzen können.

Mit der Zeit hatte ich mich an solche Dinge gewöhnt. Aber je älter ich wurde, desto mehr fühlte ich, dass meine Religion mich von den anderen entfernte. Es gab viele Dinge, die mir mein Papa verbot, zum Beispiel das Tragen von zu kurzer Kleidung oder eines Bikinis. Ich durfte auch keinen Alkohol trinken. Er sagte, dass sich all das für ein muslimisches Mädchen nicht gehöre. Ja, man kann wirklich sagen, dass ich meine Jugend nicht genossen habe." Sofia blickte traurig auf den Boden.

„Aber dein Vater hat doch selber eine Christin geheiratet."

„Als er meine Mutter heiratete, hatte er noch sehr liberale Vorstellungen. Damals waren ihm diese Dinge nicht wichtig. Vielleicht ließ Mutters Erkrankung ihn so religiös werden. Er hatte die Auswirkungen des Alkohols im eigenen Haus erlebt und wohl deshalb so sehr darauf bestanden, dass ich mich davon fernhalte. Die Welt zu Hause und die Welt außerhalb waren für mich völlig verschieden."

„Hast du dich deinem Vater widersetzt?", fragte Talib nach einer erneuten Pause.

„Ja. Als ich sechzehn Jahre alt war, bin ich einige Male ohne seine Erlaubnis mit Freundinnen abends weggegangen. Als ich eines Tages sehr spät nach Hause kam, war er sehr verärgert. Tatsächlich hatte ich mich dort überhaupt nicht amüsieren können, denn mein Vater hatte mich mein ganzes Leben lang vor der Sünde gewarnt, und so hatte ich stets große Schuldgefühle, wenn ich etwas tat, was dem Islam widersprach. Dazu kam noch die Angst, dass neben meiner Mutter, von der ich so gut wie keine Zuneigung bekam, auch mein Vater aufhören könnte, mich zu lieben."

„Warum bist du so gerne hier in Pakistan?"

„Weil ich hier Muslimin und Pakistani sein kann.

Ich habe hier *eine* Identität, während ich in Deutschland *zwei* verschiedene Leben führen muss. Ich selber fühle mich als Deutsche, aber für die Leute dort bin ich eine Pakistanerin."

„Dann zieh doch einfach hierher", schlug Talib mit einem Lächeln vor.

Sofia erwiderte sein Lächeln kurz und sagte dann: „Es wäre sicher gut für mich, bei meiner Familie zu leben. Doch in der Welt hier könnte ich mich nicht zurechtfinden, denn die Lebensweise ist eine völlig andere."

„Du musst dich doch nicht mit der Welt außerhalb deines Hauses auseinandersetzen. Such dir einen netten Mann und gründe eine Familie."

„Ich möchte aber auf meinen eigenen Füßen stehen und nicht mein ganzes Leben lang jemandem zur Last fallen."

„Du wärst für deinen Ehemann doch keine Last. Die meisten pakistanischen Frauen leben auf diese Art. Die wenigsten arbeiten."

„All das mag für Frauen, die in Pakistan aufgewachsen sind, zutreffen. Aber in der Gesellschaft, in der ich aufgewachsen bin, herrschen völlig andere Vorstellungen."

„Du willst also nicht heiraten?"

„Doch, unbedingt. Aber ich möchte mir bei dem Mann sicher sein können, dass er mir sein ganzes Leben lang nicht von der Seite weicht und mich respektiert."

„Sofia Baji, was machst du hier? Ich kann nicht schlafen und warte drinnen auf dich", sagte Shehla, während sie durch die Tür spähte.

„Wir setzen unser Gespräch ein andermal fort", sagte Sofia und stand auf.

13

Da alle nach der langen Reise sehr müde waren, beschlossen sie, den Tag in Karimabad zu verbringen. Nachdem sie gefrühstückt hatten, verließen sie das Gästehaus. Überall um sie herum strahlten die schneebedeckten Berggipfel im Licht der Mittagssonne. Aus jeder Perspektive bot sich ein neuer Anblick. Talib erzählte vom Baltat-Schloss, das sich oberhalb von Karimabad befindet und die Residenz des Saqib Mirs war. Vor einiger Zeit hatte die Agha Khan Kulturstiftung das Gebäude renovieren lassen und es in ein Museum umgewandelt. Er fügte hinzu, dass man dort mit dem Auto nur bis zu einem bestimmten Bereich hochfahren könne und den restlichen Weg zu Fuß zurücklegen müsse. Da die Tante sich an diesem Tag ausruhen wollte, bat sie die anderen, ohne sie zu gehen. So brachen Sofia, Sohail, Amir, Shehla und Talib gemeinsam auf, während die Tante und der Fahrer im Gästehaus blieben. Der ismailitische Glaube hatte Sofias Neugier geweckt und sie wollte nun unbedingt die jungen Mädchen des Tals kennenlernen, um mehr über ihre Sitten und Bräuche erfahren. Sie schlenderten zum Bazar. Nachdem sie dort einige Geschäfte nach einheimischen Dingen durchstöbert hatten, brachen sie zum Schloss auf.

Als sie das Schloss wieder verließen, entdeckten sie eine Gruppe junger Schülerinnen. Sofia gesellte sich zu ihnen und begann, Verschiedenes zu fragen. Nachdem bekannt wurde, dass sie aus Deutschland kam, traten immer mehr Mädchen heran und so begann ein reger Gedankenaustausch.

Als Sofia nach einiger Zeit noch immer nicht zurückgekehrt war, wurden Sohail und Amir ungeduldig.

„Shehla, geh doch zu Sofia Baji und frag sie, ob sie noch vorhat, mit uns zurückzukommen, oder lieber mit den ismailitischen Mädchen mitgehen möchte", wandte sich

Sohail an seine Schwester.

„Geh doch selber. Warum soll ich gehen?", lehnte diese ab.

Sohail schaute sie verärgert an. „Willst du etwa, dass ich hier verprügelt werde?"

„Vielleicht sucht Sofia Baji gerade ein ismailitisches Mädchen für dich", neckte Amir ihn.

„Und für dich nicht?"

„Ich bin doch noch zu jung."

„Ich werde Sofia Baji bitten, ein deutsches Mädchen für mich zu suchen", sagte Sohail grinsend.

„Dann musst du erst einmal Deutsch lernen."

„Eine neue Sprache zu lernen ist doch nicht schwierig", schaltete sich Talib in das Gespräch ein.

„Sieht so aus, als ob Talib Bhai ebenfalls vorhat, eine Deutsche zu heiraten", sagte Amir während er Talibs Arm mit dem Ellenbogen anstupste.

Shehla rollte mit den Augen. „Gibt es für euch Jungs kein anders Thema als heiraten?"

„Dann geh doch bitte, um zu sehen, worüber Sofia Baji gerade spricht", versuchte Sohail erneut sie zu Sofia zu schicken.

„Warte doch noch ein wenig. Oder hast du einen wichtigen Termin? Sieh dich doch um, und erfreue dich an diesem schönen Anblick. Wenn die Woche vorbei ist, wirst du all das nicht mehr zu Gesicht bekommen. Dann siehst du nur noch Peschawar, mit seinen qualmenden Autos und den kautabakspuckenden Leuten", beruhigte ihn Shehla.

Während die vier sich unterhielten, ließen sie Sofia nicht aus den Augen. Als sie sich kurz einen Schritt von ihrem Platz bewegte, sagte Amir: „Na also, sie kommt wieder zurück!"

Aber Sofia kam noch immer nicht und holte stattdessen ein Notizbuch aus ihrer Tasche hervor. Sie gab es einem der Mädchen, das etwas hineinschrieb.

Schnell sagte Amir mit einem breiten Grinsen: „Schau, Sohail! Sofia Baji scheint ein Mädchen für dich gefunden zu haben. Sie besorgt sich gerade ihre Adresse."

„Oh wie toll! Dann kann ich ja regelmäßig herkommen!", spottete Sohail und sagte dann zu seiner Schwester: „Shehla, wir warten hier schon ewig. Geh doch endlich zu Sofia Baji und sag ihr, dass sie kommen soll."

„Warum soll ich gehen? Ich bin doch nicht aus Deutschland, dass die Mädels mir ihre Aufmerksamkeit schenken würden", antwortete Shehla gereizt. „Geh du! Ismailiten sind moderne Leute. Die verprügeln dich deswegen schon nicht. So etwas passiert nur im Punjab.

Plötzlich stand Sofia wieder bei ihnen. „Was macht ihr da?"

„Auf dich warten. Wir dachten schon, dass wir ohne dich nach Peschawar zurückfahren müssten."

„Tut mir leid, dass es so lange gedauert hat. Das waren Studentinnen. Ich wollte unbedingt etwas über die Gegend und die Menschen hier erfahren. Nun wurde mein Wunsch erfüllt."

„Und hast du für Sohail Bhai ein Mädchen ausgesucht?", fragte Amir schelmisch.

„Wer hat dir denn das erzählt?"

„Du hast dir doch von einem Mädchen die Adresse geben lassen."

Sofia lachte laut auf. „Die Adresse habe ich mir nur so geben lassen. Es kann sein, dass sie uns irgendwann in unserem Gästehaus besuchen kommt."

„Hast du etwa vor, einen Reisebericht zu schreiben?", fragte Shehla.

„Im Moment habe ich so etwas nicht vor. Wie

kommst du darauf?"

„Heutzutage ist es doch Mode, Reiseberichte zu verfassen. Alle paar Tage sieht man einen neuen in den Buchläden. Ich glaube langsam, dass den Schriftstellern die Ideen ausgegangen sind und sie deshalb erst einmal verreisen, um danach einen Bericht über die Reise schreiben zu können."

„Das würde ich so nicht sagen", wandte Talib ein. „Es gibt auch einige Berichte, die so gut geschrieben sind, dass der Leser glaubt, die Landschaften vor seinen Augen zu sehen, oder sogar den Eindruck hat, sich dort tatsächlich zu befinden."

„Liest du etwa gerne?", fragte Sofia interessiert.

„Ja. Schon als Kind habe ich sehr viel gelesen. Neben Büchern auf Urdu lese ich auch Englische. Zunächst einmal habe ich englische Bücher nur gelesen, um die Sprache zu lernen. Aber bald begann ich, mich für die Literatur zu interessieren."

„In dir scheint wohl ein verborgenes Talent zu stecken. Hast du vor, irgendwann mal ein Buch zu schreiben?", fragte Sohail, während er seine Hand auf Talibs Schulter legte.

„Wir werden schon sehen", antwortete Amir an Talibs Stelle.

„Ich würde sagen, dass wir hier genug Zeit verbracht haben. Lasst uns wieder ins Gästehaus zurückkehren. Die Tante ist dort alleine. Wir können uns nach dem Mittagessen ein wenig ausruhen und danach wieder ausgehen", schlug Sofia vor und sie brachen zum Gästehaus auf.

Dort angekommen erfuhren sie von der Tante, dass Onkel Waheed angerufen hatte und er nicht mehr nach Karimabad kommen würde, da die Angelegenheit in seinem Büro doch ernster war als vorher gedacht. Er schlug daher vor, die Reise zu verkürzen und vor ihrer Rückkehr nach Peschawar nur noch die wichtigsten Dinge zu besichtigen.

Keiner wollte die Reise vorzeitig beenden, doch es blieb ihnen nichts anderes übrig. Daher steckten alle ihre Köpfe über dem Reiseführer und der Landkarte zusammen. Sie versuchten, sich zu einigen, welche Orte noch besonders sehenswert waren, damit sie es später nicht bedauern mussten, irgendetwas Besonderes verpasst zu haben. Sie beschlossen, nicht mehr nach Khunjrab, sondern lediglich bis nach Sost zu reisen. Einen Abend wollten sie unbedingt an dem Aussichtspunkt namens Eagel's Nest verbringen, wo die Touristen mit ihren Kameras in der Hand auf den Sonnenuntergang warten.

Während sie sich über den weiteren Reiseverlauf Gedanken machten, klingelte Sofias Telefon. Eine private Nummer. Es war Nadia, eines der ismailitischen Mädchen. Sie lud Sofia und die anderen für den nächsten Abend zu sich nach Hause ein. Sofia fragte kurz die Tante und sagte dann zu.

Nun hatte Amir in Sohail ein Opfer gefunden. „Siehst du, Sohail Bhai, jetzt hat Sofia Baji doch noch etwas für dich arrangiert. Du solltest ihr danken!"

Sohail stürzte sich auf Amir und verfolgte ihn, als dieser aus dem Zimmer floh.

„Die werden wohl nie erwachsen", sagte Tante Samina, während sie ihnen mit liebevollem Blick hinterherschaute.

Nach dem Abendessen ging die Tante mit einem Buch in der Hand in ihr Zimmer, während die jungen Leute sich auf die Veranda setzen. Die kühle Abendluft entspannte ihre Gemüter. Sofia zog einen Stuhl, der vor ihr stand, zu sich heran und legte ihre Beine darauf.

„Na, willst du hier schlafen?", fragte Sohail.

„Meine Füße tun weh. Der Weg zum Schloss war ziemlich steil."

„Meine Füße schmerzen auch. Und meine Beine erst", klagte Shehla. „Sag mal, Sofia Baji, gibt es in Deutschland viele Pakistaner, beziehungsweise Muslime?"

„Ja, gibt es. Viele Pakistaner, vor allem aber Türken. Papa hat einen Freund namens Yousaf Khan, dessen Tochter eine sehr gute Freundin von mir ist."

„Sind die Mädchen aus Pakistan oder aus anderen islamischen Ländern dort gut integriert?", fragte Shehla weiter.

„Mädchen aus modernen Familien haben weniger Probleme, sich in die Gesellschaft zu integrieren. Aber Mädchen aus konservativen Familien, egal welcher Glaubensrichtung, fällt es sehr schwer, da sie viele Dinge nicht tun dürfen."

„Welche Dinge denn?"

„Zum Beispiel müssen sie einen Schleier tragen, wenn sie das Haus verlassen, oder dürfen nicht auf Partys oder auf Schulausflüge gehen."

„Ein Kopftuch muss man doch auch hier tragen. In Peschawar dürfen die Mädchen ohne Tschador nicht das Haus verlassen, selbst wenn sie aus einer modernen Familie kommen."

„Aber die europäische Gesellschaft und die Gesellschaft hier sind völlig verschieden. Hier gehört die Verschleierung zur Kultur, doch dort wird man heutzutage, vor allem wegen des Terrorismus, schief angeguckt, wenn man verschleiert auf die Straße geht."

„Trägst du dort ein Kopftuch?", fragte Amir neugierig.

„Nein. Ich fühle mich unwohl dabei, genauso wie ich mich unwohl fühle, wenn ich in Peschawar ohne Kopftuch auf die Straße gehe."

„Außerdem sollen die Frauen sich im Islam ja deshalb verschleiern, damit sie keine Aufmerksamkeit erregen. Aber genau das geschieht in Deutschland, so gesehen bringt es überhaupt nichts", schlussfolgerte Sohail.

„Ich frage mich, warum immer nur über die Verschleierung der Frau gesprochen wird, denn die Männer sind doch genauso verpflichtet, ihre Blicke zu senken. Darüber redet aber niemand. Wenn die Männer nicht dauernd glotzen würden, würden sie es überhaupt nicht merken, ob eine Frau verschleiert ist oder nicht", schimpfte Shehla vor sich hin.

Amir schaute sie kritisch an. „Willst du etwa, dass die Frauen sich zu einem Dschihad gegen die Blicke der Männer vereinen?"

„Keine Sorge. So etwas möchte ich nicht. Ich fühle mich in Peschawar wohl. Alle Frauen verschleiern sich hier, also tue ich das auch", sagte Shehla ruhig.

„Es gibt in Europa viele Mädchen, die kein Problem damit haben, ein Kopftuch zu tragen. Manche tun dies sogar mit Stolz. Es ist ihnen völlig egal, ob sie jemand anguckt oder nicht. Aber es gibt auch solche, die sich nur deshalb verschleiern, damit ihre Bekannten oder die Leute ihrer Gemeinschaft nicht schlecht über sie reden. Nicht wenige von ihnen leiden psychisch darunter. Einige rebellieren auch gegen die Familie, indem sie sich weigern, das Kopftuch zu tragen."

„Werden sie von ihren Eltern dazu nicht gezwungen?"

„In Deutschland können Eltern über ihre Kinder nicht mehr bestimmen, wenn sie volljährig sind. Außerdem gibt es dort für Jugendliche besondere Einrichtungen, die ihnen bei familiären Problemen zur Seite stehen. Wenn ein Mädchen sich an eine solche wendet, können die Eltern nichts mehr tun."

„Die armen, armen Eltern!", spottete Sohail.

„Manche Eltern haben Verständnis für die Probleme

ihrer Kinder und lassen ihnen auch einige Freiräume. Der Vater meiner Freundin Maria, also Onkel Yousaf, ist ziemlich streng, was das Tragen des Kopftuches anbelangt. Aber er erlaubt ihr, ohne Kopftuch in die Schule zu gehen."

„Es heißt ja, dass in Europa Religionsfreiheit herrsche, aber ich habe gehört, dass muslimische Frauen in Deutschland nicht unterrichten dürfen, wenn sie verschleiert sind, und dass in Frankreich sich nicht einmal die Schülerinnen verschleiern dürfen. Wo bleibt denn da die Religionsfreiheit?", fragte Talib provozierend.

„Ja, es wird viel geheuchelt. Aber auf der anderen Seite muss man sagen, dass auch christliche Symbole in Frankreich nicht zur Schau gestellt werden dürfen. Ich denke, dass das nur politische Debatten sind."

„Wie heiraten denn pakistanische Mädchen und Jungen in Deutschland?", fragte Sohail mit einem ironischen Lächeln im Gesicht.

„Sohail denkt nur ans Heiraten. Schon ist er wieder bei diesem Thema", neckte Amir ihn erneut.

„Das ist ein sehr wichtiges und ernstes Thema. In vielen ungebildeten Familien werden Mädchen gegen ihren Willen mit Jungen aus ihrer Verwandtschaft in Pakistan verheiratet. Die Vorstellung dabei ist immer die, dass der Junge nach Deutschland kommt und von dort die Familie finanziell unterstützt. Aber solche Eheschließungen enden nie gut. Und die Jungen bleiben davon ebenfalls nicht verschont. Aber die Einstellung der Menschen beginnt sich zu ändern. Viele junge Menschen weigern sich mittlerweile, eine solche Ehe einzugehen, und auch viele Eltern haben ihre Ansichten geändert." Sofia hatte die Tatsache, dass Sohail seine Frage eigentlich im Scherz gestellt hatte, ignoriert und sie ernsthaft beantwortet.

„Sofia Baji, such doch mal so ein armes Mädchen für

Sohail, damit er auch nach Deutschland gehen kann." Amir begegnete Sofias Ernst wiederum mit einem Scherz.

„Warum sprichst du immer über mich? Sprich doch für dich selber!", knurrte Sohail ihn an.

„Weil du älter bist als ich und mir sozusagen im Weg stehst. Mama wird sicherlich sagen, dass ich nicht heiraten darf, solange du als der ältere Sohn noch Junggeselle bist", erklärte Amir.

„Hiermit mache ich den Weg für dich frei. Ich werde zu Mama sagen, dass sie erst einmal dich verheiraten soll, denn ich habe es nicht so eilig."

„Okay, wir heiraten später. Lass uns erst einmal eine Runde zocken", schlug Amir vor, und beide gingen in ihr Zimmer.

„Ich glaube, ich gehe duschen, denn meine Füße tun ziemlich weh", sagte Shehla und folgte Amir und Sohail.

Nun waren Sofia und Talib allein.

„Sofia, was du gesagt hast, war sehr interessant. Mich hast du nun überzeugt", lobte Talib sie.

„Das sind Dinge, die ich nicht vom Hörensagen oder aus Büchern kenne, sondern selbst erlebt habe."

„Ich möchte gern das Thema unseres gestriges Gesprächs aufgreifen", fuhr er fort. „Über das Heiraten, darüber, wie dein Mann zu sein hat."

Sofia lachte. „Na so was, fängst du jetzt auch wie Amir und Sohail an!" Nach einer kurzen Pause fuhr sie fort: „Wie ich dir schon gesagt habe, möchte ich mir bei dem Mann, den ich heirate, sicher sein, dass er sein ganzes Leben nicht von meiner Seite weichen wird. Er muss mich von Herzen lieben. Unsere Kinder sollen sich nicht zwischen zwei Kulturen entscheiden müssen und dasselbe durchleben wie ich."

„Das alles kann dir nur ein Muslim bieten."

„Natürlich. Es ist selbstverständlich, dass ich als Muslimin einen muslimischen Mann heiraten werde. Aber ich werde warten, bis ich einen solchen finde."

Talib nutze die Situation: „Was wäre, wenn ich dir sagte, dass genau so ein Mann vor dir sitzt? Der dich seit dem Tag mag, an dem er dich zum ersten Mal gesehen hat. Der dir sein ganzes Leben lang treu sein und dich ehren würde. Der deine Kinder so erziehen würde, wie du es möchtest. Der dir überall hin folgen würde, egal ob du in Pakistan oder in Deutschland leben möchtest."

Sofia wurde nervös. „Ich habe dich noch nie mit solchen Augen betrachtet."

„Nun hast du die Möglichkeit dazu. Ich warte auf deine Antwort."

„Gib mir etwas Zeit. Ich weiß so gut wie nichts über dich."

„Ich werde dir alles über mich erzählen."

Sofia stand auf, um auf ihr Zimmer zu gehen, und Talib blieb alleine zurück.

14

Sofia wälzte sich die ganze Nacht im Bett. Talibs überfallartiger Antrag hatte sie völlig überrascht. Während der Reise hatten sich angefreundet, sie betrachtete ihn quasi als Mitglied der Familie, doch Gefühle für ihn hatte sie nicht. Es wäre ihr niemals in den Sinn gekommen, über eine Heirat mit ihm überhaupt nachzudenken, und er hatte nun direkt und mit allen möglichen Versprechungen um ihre Hand angehalten. Sie wusste doch kaum etwas über ihn und seine Familie! Er war bislang nur der Reiseführer für sie gewesen. Er schien ein interessanter und verantwortungsbewusster Mann zu sein, das schon. Doch dann kam ihr der Gedanke, dass sie eine so wichtige Entscheidung ihres Lebens niemals so schnell fällen durfte. Schließlich liebte sie ihn nicht. Aber vielleicht war es ja Schicksal, dass sie die Pilgerreise unternommen hatte und sie sich kennengelernt hatten. Vielleicht war es Gottes Plan, dass sie heirateten. Durch ihre Erziehung war es für sie zur Selbstverständlichkeit geworden, einen pakistanischen Muslim zu heiraten. Die Hochzeit mit einem Deutschen oder einem Christen kam nicht in Frage.

    Da sie diese Entscheidung nicht alleine treffen wollte, beschloss sie, Talib erst zu antworten, nachdem sie ihre Großmutter und ihren Onkel um Rat gefragt hatte. Mit diesen Gedanken im Kopf schlief sie erst sehr spät in der Nacht ein.

    Oftmals begegnen einem Dinge, über die man nachgedacht hat, wieder im Traum. So erging es auch Sofia, als sie sich und Talib Hand in Hand durch eine Landschaft gehen sah. Doch der Traum war nebulös und unklar.

Der nächste Morgen war für alle wie jeder andere, nur nicht für Talib und Sofia. Talib trug diesmal anstatt Shalwar

Kamiz Hemd und Hose und hatte seine Haare anders gekämmt.

Als er sein Zimmer verließ, begannen Sohail und Amir ihn zu necken: „Talib Bhai, du siehst ja heute richtig schick aus! Hast du dich etwa in ein ismailitisches Mädchen verguckt?"

Talib lächelte, ohne jedoch zu antworten.

Auch Sofia betrachtete ihn jetzt genauer, und für einen Augenblick sah sie in ihm tatsächlich mehr als nur den Reiseführer.

Am Abend fuhren sie zu Eagel's Nest, um den Sonnenuntergang zu sehen. Da die Straße dorthin sehr eng und steil war, beschlossen sie, den Kleinbus stehenzulassen und sich stattdessen einen Jeep zu mieten. Sie mussten immer wieder an den Fahrbahnrand fahren, damit die entgegenkommenden Fahrzeuge genug Platz hatten. Die Straße war so holprig, dass sie das Gefühl hatten, der Jeep würde jeden Augenblick umkippen.

Immer wenn der Fahrer den Druck auf das Gaspedal erhöhte, schrien Amir und Sohail auf: „Fahren Sie langsamer, wir kippen sonst noch um!"

Doch der Fahrer beruhigte sie: „Macht euch keine Sorgen. Ich fahre diese Strecke jeden Tag und kenne jedes Schlagloch hier. Entspannt euch also."

„Sind die anderen Touristen etwa während der ganzen Fahrt ruhig? Beschwert sich keiner von ihnen?", fragte Sohail neugierig.

„Doch, natürlich. Ich beruhige sie dann genauso wie euch, und ehe sie sich versehen, sind wir schon am Ziel."

Während sie sich unterhielten, übersah der Fahrer ein Schlagloch. Durch den Wagen ging ein heftiger Ruck und es schien sogar kurz, dass er umkippen würde.

Alle schrien auf.

„Dieses Schlagloch haben Sie wohl nicht gekannt!", lachte Amir ihn aus.

Einige Zeit später hielten sie vor einem Restaurant, von wo aus der Weg zu Eagle's Nest führte, den man zu Fuß zurücklegen musste. Da noch Zeit bis zum Sonnenuntergang blieb, nahmen sie auf der Terrasse Platz und tranken eine Tasse Tee. Etwa eine Stunde vor Sonnenuntergang brachen alle Touristen auf. Da der Weg sehr steinig und uneben war, dauerte es ziemlich lange, bis sie den Aussichtspunkt erreicht hatten. Die Sonne stand mittlerweile sehr tief und ihr Leuchten war so matt, dass man sie ohne Schwierigkeiten direkt anschauen konnte.

Nachdem sie angekommen war, ließ sich Tante Samina schnaufend auf einem großen Stein nieder. Shehla setzte sich neben sie. Sohail und Amir stellten sich in die Nähe eines Touristen, da sie glaubten, dass diese immer am genausten wussten, wo die besten Aussichtspunkte waren. Sofia schaute sich um und entdeckte einen Stein, der sich etwas abseits von den anderen befand. Sie setze sich und richtete ihren Blick auf die untergehende Sonne, die die Berge in ihr goldenes Licht tauchte. Sie hatte nicht gemerkt, dass Talib ihr gefolgt war und nun neben ihr stand. Während sie sich in den Anblick der langsam hinter den Bergen versinkenden Sonne verlor, hörte sie wie aus weiter Ferne seine Stimme.

„Sofia, die Sonne, die vor uns versinkt, soll mein Zeuge sein! Ich verspreche dir, dass meine Liebe zu dir genauso erstrahlen wird wie die Sonne, wenn sie morgens aufgeht. Ich möchte mein gesamtes Leben mit dir verbringen! Ich werde dich niemals enttäuschen. Ich werde dir für immer gehören. Erwidere meine Liebe!"

Ihr schien es, als ob sie aus einem Traum erwachte, und ohne zu überlegen ergriff sie wortlos seine Hand. Die Entscheidung war gefallen. Sofia hatte ihr Schicksal in Talibs

Hände gelegt.

Auf der Rückfahrt sprachen Sohail und Amir lange über den atemberaubenden Anblick des Sonnenuntergangs. Auch Shehla und die Tante waren von den Eindrücken ergriffen. Nur Talib und Sofia schwiegen.

15

Es war geplant, dass sie noch einen Tag in Karimabad bleiben würden. Tagsüber wollten sie nach Sost fahren und am Abend Nadia, das ismailitische Mädchen besuchen. Doch Sofia hatte, nachdem sie von Eagel's Nest zurückgekehrt waren, das Interesse an der Reise völlig verloren. Sie hatte das Gefühl, dass eine lebenslange Suche für sie zu Ende gegangen war. Sie wollte so schnell wie möglich wieder nach Peschawar zurückkehren und ihrer Großmutter von ihrer Entscheidung, Talib zu heiraten, erzählen, und wären nicht die anderen gewesen, hätte sie dies wohl auch sofort getan.

Nachdem sie von Sost zurückgekommen waren, fuhren sie zu Nadia und ihrer Familie. Sie lebten in einem modernen, westlich orientierten Haushalt. Es gab sowohl pakistanisches als auch westliches Essen. Nadias Mutter war eine sehr interessante Frau. Sofia bedauerte zwar, dass es kein Wiedersehen geben würde, doch dachte sie während des Besuchs die meiste Zeit nur an ihre Abreise und daran, dass sie mit ihrer Großmutter über die Vorkommnisse sprechen wollte.

Am folgenden Tag waren alle sehr erschöpft und freuten sich gewissermaßen auf die Heimreise. Sofia ließ sich ihre innere Veränderung nicht anmerken und scherzte wie immer mit ihren Cousins und ihrer Cousine. Sie fühlte immer wieder Talibs Blick auf sich ruhen, doch da sie befürchtete, sich zu verraten, erwiderte sie ihn nicht. Zwar hatte sie nach seiner Liebeserklärung seine Hand in die ihre genommen, doch fragte sie sich, ob sie ihn tatsächlich liebte oder ob sie nur dem Druck nachgegeben hatte. Was wohl ihre Großmutter und die anderen darüber sagen würden, dass sie und ein Reiseführer ... Weiter gelang es ihr nicht zu denken. Sie musste sich vorher unbedingt darüber im Klaren sein, welche Konsequenzen diese Bindung haben würde. Ihre Großmutter würde ihr in Peschawar sicherlich mit Rat und Tat zur Seite stehen.

Während der gesamten Fahrt dachte sie nur noch an solche Dinge, sodass sie die Landschaft kaum noch wahrnahm. Sohail, Amir und Shehla waren sehr müde und wurden, als Sofia kein Wort sprach, nach und nach immer ruhiger, bis sie ebenfalls schwiegen. Talib wartete auf ein Zeichen von Sofia, doch sie war noch unentschlossen.

In Peschawar angekommen, gab er ihr seine Karte und sagte, dass er auf ihre Antwort warten würde. Sofia nahm sie schweigend an und er stieg mit dem Fahrer zusammen ins Auto. Sie fuhren los. Sofias drei Cousins gingen, nachdem sie ihrer Großmutter von ihren Erlebnissen berichtet hatten, auf ihre Zimmer. Der Onkel war noch nicht von der Arbeit zurückgekehrt.

Sofia setzte sich zu ihrer Großmutter.

„Was ist los, mein Schatz? Du bist so ruhig. Hat dir die Reise nicht gefallen?"

„Doch, die Reise war toll und ich werde mich immer an sie erinnern. Aber es ist etwas vorgefallen, was mich beunruhigt."

„Das hat doch hoffentlich nichts mit Samina oder den Kindern zu tun?", fragte die Großmutter besorgt.

„Die Tante und die Kinder haben sich liebevoll um mich gekümmert. Gerade ihretwegen hat die Reise so großen Spaß gemacht."

„Was beschäftigt dich dann?"

„Talib möchte mich heiraten."

Die Großmutter blickte überrascht. „Hat er etwa das zu dir gesagt?"

„Ja."

„Aber willst du das denn auch?"

„Ich mag ihn. Aber ich hatte noch nie das Gefühl, ihn zu lieben oder heiraten zu wollen."

„Wo ist dann das Problem?"

„Ich weiß nicht warum, aber ich konnte einfach nicht ablehnen."

„Schatz, ihr kommt aus zwei völlig verschiedenen Welten. Während du in einer freien Gesellschaft aufgewachsen bist, lebt er in einer paschtunischen, die sehr streng ist. Außerdem weißt du so gut wie nichts über ihn und seine Familie. Wer weiß, welche Gewohnheiten er hat. Das findet man nicht heraus, indem man nur einige Tage mit der Person verbracht hat. Wir sollten nichts überstürzen und zuerst seine Familie kennenlernen. Ich werde zunächst einmal für dich beten und erst nachdem ich ein Zeichen erhalten habe, darüber entscheiden. Aber glaube nicht, dass ich dich zu etwas zwingen werde oder dir meine Meinung aufnötigen möchte. Es ist deine Entscheidung. Wie du vielleicht weißt, hatten wir die Ehe deines Vaters arrangiert, doch er hatte sie abgelehnt. Sprich vorher unbedingt mit ihm über deinen Entschluss."

„Dadi Ma, so wie Vater mich erzogen hat, ist es für mich unmöglich geworden, einen Nichtmuslim zu heiraten. Doch da man im Leben einen Partner braucht und Talib sehr warmherzig und fürsorglich zu sein scheint, frage ich mich, warum ich nicht ihn wählen sollte?"

„Mein Liebes, ich halte eine Verbindung zwischen euch beiden für keine gute Idee. Doch wenn du dich bereits entschieden hast, dann sag ihm, dass er mit seiner Mutter zu uns kommen und wie es die Sitten verlangen, um deine Hand anhalten soll. So können wir auch seine Familie kennenlernen", schlug die Großmutter vor.

Sofia überlegte kurz und antwortete dann: „Ich brauche noch Zeit, um darüber nachzudenken. Ich werde zuerst mit Papa sprechen. Würdest du in der Zwischenzeit mit dem Onkel darüber reden? Er kennt Talib mittlerweile ziemlich gut. Irgendwie ist mir das Ganze auch etwas peinlich. Ich hoffe, er denkt nicht schlecht über mich, denn schließlich hat sich all das in seiner Abwesenheit entwickelt."

„Mach dir darüber keine Sorgen. Aber überlege es dir gut. Das Einzige, was mich interessiert, ist dein Glück. Egal, wie du entscheidest, ich werde es akzeptieren. Wenn du aber unbedingt einen Pakistaner heirateten möchtest, hier gibt es einige sehr gebildete junge Männer aus gutem Hause, die Talib in jeder Hinsicht überlegen sind. Aber wie gesagt, es ist deine Entscheidung."

Als die Großmutter Sofias Onkel von ihren Plänen erzählte, wurde er für eine Weile sehr nachdenklich. Er antwortete nur: „Wenn Sofia mich fragt, werde ich ihr raten, diese Angelegenheit sofort zu beenden. Doch falls sie sich bereits entschieden hat, werde ich nichts gegen die Hochzeit einwenden."

Und die Großmutter fügte hinzu: „Ich möchte eigentlich auch nicht, dass sie ihn heiratet. Ein Mädchen wie sie hat einen Prinzen verdient. Wir wissen nicht einmal, aus was für einer Familie er kommt. Ich möchte Sofia aber auch nicht verärgern. Nicht, dass sie am Ende nicht mehr mit uns redet. Daher sollten wir erst einmal auf ihren Entschluss warten."

Sofias Abreise rückte näher und sie konnte sich noch immer nicht entscheiden. Weil sie Talib nicht mehr kontaktiert hatte, rief er schließlich an.

Als Sofia den Hörer abhob, fragte er: „Und wie hast du dich entschieden?"

„Komm mit deiner Mutter hierher und bitte meine

Großmutter um meine Hand!" Sie hatte ohne zu überlegen die Worte ihrer Großmutter wiederholt. Aus irgendeinem Grund konnte sie nicht ablehnen.

„Meine Mutter wird nicht kommen."

„Warum nicht?", fragte Sofia überrascht.

„Sie ist mit unserer Eheschließung nicht einverstanden", antwortete Talib nach kurzem Zögern. „Sie würde eine Nicht-Paschtunin, die zudem eine Weiße ist, niemals als ihre Schwiegertochter anerkennen."

„Aber ich bin nicht nur weiß. Ich bin auch pakistanisch. Und ich bin Muslimin."

„Ja ich weiß. Aber Mutter ist der Meinung, dass die Tochter einer Weißen selber eine Weiße ist."

„Hast du nicht versucht, sie umzustimmen?"

„Doch. Ich habe mich sehr bemüht. Aber sie will sich nicht überzeugen lassen. Sie möchte nämlich, dass ich ein Mädchen aus unserem Stamm heirate, das sie für mich ausgesucht hat. Sie hat ihrer Mutter ihr Wort gegeben und ist nicht bereit, ein anderes Mädchen als meine Frau anzuerkennen."

„Dann heirate doch dieses Mädchen. Wieso bemühst du dich überhaupt noch um mich?", fragte Sofia verärgert.

„Ich liebe dich und will auch nur dich heiraten", beteuerte Talib.

„Nachdem du mir gesagt hast, wie deine Mutter darüber denkt, hast du mich noch weiter verunsichert. Ich brauche mehr Zeit und werde dir meinen Entschluss mitteilen."

„Ich bin mir sicher, dass er zu meinen Gunsten ausfallen wird", sagte Talib mit großer Überzeugung.

Sofia glaubte tatsächlich, dass Talib sie von Herzen liebte. Doch beunruhigte sie die Tatsache, dass sie mit genau dem Problem, dem sie mit der Heirat eigentlich entfliehen wollte, plötzlich wieder konfrontiert wurde: In Deutschland hatte sie immer das Gefühl gehabt, als Ausländerin betrachtet zu werden, und nun hatte Talibs Mutter sie ebenfalls abgelehnt, weil sie für sie keine Pakistanerin, sondern eine Weiße war. Sollten sie vielleicht besser auf die Hochzeit verzichten? Noch behauptete Talib, sie zu lieben, doch was wäre, wenn er genauso wie ihre Mutter seine Verlobte nicht vergessen konnte und sie, Sofia, dann ihr Leben wie ihr Vater in Einsamkeit verbringe müsste?

Schließlich war sie zu einer Entscheidung gelangt und wendete sich wieder an ihre Großmutter: „Dadi Ma, Talib hat angerufen. Er wartet auf meine Antwort."

„Wie hast du dich entschieden?"

„Nach langem Überlegen habe ich mich für ihn entschieden. Aber seine Mutter ist mit unserer Hochzeit nicht einverstanden. Sie möchte ihn mit einem anderen Mädchen verheiraten."

„Ich frage dich noch einmal, bist du dir sicher, dass du Talib wirklich von Herzen heiraten willst? Stecken nicht doch andere Gründe dahinter?"

„Ich habe sehr lange darüber nachgedacht und bin mir sicher."

„Möchtest du wirklich, dass in einigen Tagen deine Hochzeit stattfindet?"

„Ja, das möchte ich. Allerdings missfällt es mir, dass seine Mutter an unserer Hochzeit nicht teilnehmen will."

„Ach, das ist doch ihre Sache."

„Denkst du, dass ich bei meiner Entscheidung, ihn zu heiraten, bleiben sollte?"

„Die Entscheidung musst du alleine treffen. Aber ich denke, dass seine Mutter dir keine Probleme bereiten kann, wenn du nach der Hochzeit wieder nach Deutschland zurückkehrst und ihn zu dir holst. Sie scheint eine dumme Frau zu sein, der das Glück ihres eigenen Sohnes egal ist." Die Großmutter ärgerte sich über Talibs Mutter, da sie ihr Verhalten als Beleidigung ihrer Enkelin empfand.

„Wie schätzt du Talib ein?"

„Nur Gott weiß, was in den Herzen der Menschen vorgeht. Auf den ersten Blick scheint er ein anständiger Mann zu sein. Ehrlich gesagt hätte ich nie gedacht, dass ihr beide diesen Weg einschlagen würdet. Wenn du glaubst, dass du ohne ihn glücklich werden kannst, dann ist jetzt der beste Zeitpunkt, die Angelegenheit zu beenden. Sag ihm direkt, dass du ihn nicht heiraten möchtest. Wenn du aber denkst, dass dir die Trennung von ihm nur Kummer bereiten würde und du dich vor Trauer nur noch in deinem Zimmer verkriechen würdest, dann heirate ihn, egal was seine Mutter sagt. Wie immer du dich entscheidest, ich werde dich unterstützen."

Sofia befiel das Gefühl, dass ihre Großmutter die Hochzeit eigentlich verhindern wollte, doch irgendetwas schien sie davon abzuhalten, ihr dies direkt zu sagen. Sie grübelte die ganze Nacht. Am nächsten Morgen stand ihr Entschluss fest, Talib zu heiraten.

Sie rief ihre Freundin Maria in der Frühe an und fragte sie, nachdem sie ihr die gesamte Situation geschildert hatte: „Wie denkst du darüber?"

„Da ich ihn nicht kenne, kann ich auch nichts über ihn sagen. Aber wenn er dir gefällt, dann ist das doch in Ordnung. Was ich dir aber raten kann ist, dass du die Hochzeit nicht überstürzen solltest."

„Ich habe genug von meiner Situation und meiner Einsamkeit. Talib weiß alles über mich und er hat sich von Herzen für mich entschieden. Aber er will, dass die Hochzeit so bald wie möglich stattfindet, denn er ist der Meinung, dass ein außereheliches Verhältnis zwischen Mann und Frau im

Islam verboten ist. Daher denke ich: Warum ihn nicht heute heiraten, wenn ich das morgen sowieso vorhätte."

„Wenn das deine Entscheidung ist, dann herzlichen Glückwunsch!"

16

Bis zu Sofias Abreise verblieben noch zwei Wochen. Die Hochzeit war nun beschlossen. Zur Bestätigung wurde Habib-Ullah von zwei in Burka gehüllten Frauen begleitet, von denen er eine als seine Ehefrau vorstellte. Nachdem die beiden Sofia zur Begrüßung der Tradition entsprechend den Kopf getätschelt hatten, begannen sie, sie zu mustern. Ihre strengen, bohrenden Blicke riefen in ihr ein Gefühl des Unbehagens hervor, und so flüchtete sie unter dem Vorwand, Tee für die Gäste zubereiten zu wollen, in die Küche.

Als die Großmutter Habib-Ullah auf die Morgengabe[14] ansprach sagte er: „Die Morgengabe wird zweiunddreißig Rupien betragen. Das ist genau der Betrag, der für die ehrenwerte Tochter unseres geliebten Heiligen Propheten beschlossen wurde."

Sofias Großmutter, die bereits das Aussehen der beiden Frauen äußerst beunruhigt hatte, staunte über Habib-Ullahs Worte und ärgerte sich zugleich darüber, dass er das Richtmaß einer weit zurückliegenden Zeit auf das heutige Zeitalter übertrug. Sie hätte am liebsten seine Antwort zum Anlass genommen, die Heiratsverbindung endgültig zu lösen, doch beherrschte sie sich und antwortet nur: „Das ist nicht angemessen, die Morgengabe sollte sich nach dem Einkommen des Bräutigams richten."

„Sie haben sicherlich recht, aber das, was er nach der Heirat verdienen wird, wird ohnehin Ihrer Enkelin gehören. Wir werden gewiss keinen Anteil davon beanspruchen!"

„Dennoch kann ich keine Entscheidung ohne Rücksprache mit Sofia treffen. Bitte warten Sie einen Augenblick,

---

[14]Eine in Bezug auf die Ehe vorgenommene Zuwendung von Geld oder Gold an die Braut.

während ich zu ihr gehe und mich mit ihr bespreche."

Als Sofia durch ihre Großmutter von dem bisherigen Gespräch erfuhr und nach ihrer Ansicht gefragt wurde, versuchte sie zu beschwichtigen: „Dadi Ma, es ist unpassend, wegen einer solchen Kleinigkeit einen Streit zu beginnen! Ich habe nichts gegen zweiunddreißig Rupien als Morgengabe einzuwenden."

Schließlich gab Sofias Großmutter ihren Segen zur Hochzeit. Ihr Onkel war zwar sehr angespannt, doch hielt auch er sich vollkommen zurück und ließ seine Mutter sämtliche Entscheidungen treffen.

Nachdem die Heirat endgültig beschlossen worden war, wurde mit den Vorbereitungen begonnen. Tante Samina staunte noch immer über diese Entwicklung, denn ihr war während der Reise nichts aufgefallen, und auch Sofia hatte sich ihr gegenüber nichts anmerken lassen. Allerdings traute sie sich nicht, sie direkt zu fragen, denn sie befürchtete, dass sie dies als Unterstellung werten könnte. So ging sie der Sache nicht mehr nach und beteiligte sich mit Freude und Eifer an den Hochzeitsvorbereitungen.

Sofias Onkel war die Freude seiner Nichte wichtiger als seine eigenen Bedenken, daher versuchte er, genauso wie seine Frau, seine Zufriedenheit in Sofias Begeisterung zu finden. Da Sara nicht bereit war, an der Hochzeit teilzunehmen, nahm Hameed die Reise nach Pakistan alleine auf sich. Neben Sofias Onkel und ihrer Tante beteiligten sich auch Sohail, Amir und Shehla mit großem Eifer an den Hochzeitsfeierlichkeiten. Die drei trugen sogar maßgeblich dazu bei, das Fest zu beleben und mit Heiterkeit zu erfüllen. Selbst während der Henna-Nacht[15] mischten sich Sohail und Amir

---

[15] Zeremonie in Indien und Pakistan vor der Hochzeit, bei der die Hände der Braut mit Henna verziert werden.

unter die Dholak[16] spielenden Mädchen und sangen mit ihnen gemeinsam Hochzeitslieder. Als damit begonnen wurde, Henna auf Sofias Handflächen anzubringen, schoben sie sich mit den Worten vor, dass dies die Henna-Nacht ihrer Sofia Baji sei und deshalb erst dann vollkommen sein konnte, wenn auch sie höchstpersönlich Henna auf ihrer Hand auftragen dürften. Sie setzten einen Klecks des angerührten Hennas auf Sofias Handfläche und stopften einen Laddu[17] in ihren Mund. Erst die liebevolle Ermahnung ihrer Großmutter brachte die beiden dazu, den Raum voller Frauen und Mädchen endlich zu verlassen.

Auch wurden große Vorbereitungen getroffen, um den Hochzeitszug des Bräutigams in Empfang zu nehmen. Umso erstaunter waren alle, als sie sahen, dass dieser nur aus Habib-Ullah, zwei weiteren Männern und den zwei Frauen bestand, die damals zur Besprechung der Eheverbindung gekommen waren. Weder Talibs Mutter noch seine Geschwister nahmen an der Hochzeit teil.

Sofias Onkel wandte sich leise an Talib: „Wo sind die anderen?"

„Mein Onkel sagt, dass eine Hochzeit schlicht gehalten und kein unnötiges Geld verschwendet werden sollte", erklärte ihm Talib mit gleichfalls flüsternder Stimme.

Sofias Onkel fügte dem zwar nichts hinzu, doch sein Gesichtsausdruck ließ deutlich erkennen, dass er den gesamten Hochzeitszug am liebsten zurückgeschickt hätte.

Es war eine merkwürdige Hochzeit. Die Gäste waren zwar über den sonderbaren Hochzeitszug verwundert, jedoch besaß niemand den Mut, Nachfragen zu stellen. Auch der Großmutter konnte man ihre Sorgen ansehen, doch wagte sie

---

[16]Kleine indisch-pakistanische Trommel
[17]Indisch-pakistanische Süßigkeit

es ebenfalls nicht, Sofias Entscheidung infrage zu stellen. Vielleicht befürchtete sie, dass ihre Kritik sie veranlassen könnte, Pakistan für immer den Rücken zu kehren. Selbst Sohail, Amir und Shehla konnten ihren Augen kaum trauen, doch sie waren weise genug, es den älteren gleich zu tun und keinerlei Bemerkungen fallen zu lassen.

Sofia konnte sich noch gut daran erinnern, wie Sohail bei ihrer Verabschiedung aus dem Hause ihrer Verwandten liebevoll ihre Hand in die Talibs gelegt und dabei wie ein weiser alter Mann mit ernster Stimme gesagt hatte: „Talib Bhai, das ist unsere sehr besondere liebe Baji, bitte sorge immer gut für sie." Talib hatte ihm daraufhin versprochen, immer besonders auf sie zu achten.

Nach der Feier und Sofias traditioneller Verabschiedung musste die Großmutter an Hameeds und Saras Hochzeit denken, die in derselben Stadt stattgefunden hatte und während der eine solch fröhliche Atmosphäre geherrscht hatte, dass die Nachbarschaft sich auch heute noch gerne an sie zurückerinnerte. Sofias Heirat hingegen war dermaßen glanzlos, dass sie niemandem wie eine Hochzeitsfeier erschienen war.

Unentwegt betete sie: „Mein Herr, lass mein unschuldiges Kind immer glücklich sein. Lass niemals Sorgen und Trauer sie überschatten." Mehr zu tun, war ihr nicht möglich.

Die Feier für Sofias und Talibs Walima,[18] die in einem kleinen Festzelt vor Habib-Ullahs Haus stattfand, verlief ebenfalls trübselig. Die Gäste beschränkten sich neben Sofias Verwandten väterlicherseits auf die gleichen wenigen Personen, die Talibs Hochzeitszug gebildet hatten. Je länger Sofias Großmutter all diese Entwicklungen beobachtete, des-

---

[18] Hochzeitsmahl

to mehr wuchsen Ärger und Besorgnis in ihr. Es war, als ob sie eine sich anbahnende große Gefahr voraussehen konnte.

Doch Sofias Augenmerk galt allein Talib. Vor der Hochzeit hatte sie einmal durch ihn den Versuch unternommen, seine Mutter einzubinden, aber als diese ablehnte, beschloss sie, jegliche Bemühung in dieser Hinsicht aufzugeben. Nach der Heirat allerdings erwachte in ihr erneut der Wunsch, Talibs Mutter zu treffen und sich mit ihr auszusprechen.

Jedoch wies Talib ihren Versuch entschieden zurück und sagte: „Noch ist die Zeit nicht reif, dass du meine Mutter triffst. Ich werde euer Treffen selbst arrangieren, wenn ich es für passend halte." Danach sprach Sofia ihren Wunsch ihm gegenüber nie wieder aus.

Talib vergötterte Sofia und kümmerte sich in jeglicher Hinsicht um sie, sodass sie sich von Tag zu Tag mehr in ihn verliebte. Sie musste eine Woche nach der Hochzeit nach Deutschland zurückfliegen und sah der nahenden Trennung mit weinendem Auge entgegen. In ihrem Studium standen die Abschlussprüfungen unmittelbar bevor, allerdings entschied sie, diese erst im nächsten Semester abzulegen und nach ihrer Rückkehr stattdessen ein Urlaubssemester zu beantragen und sich Arbeit zu suchen, damit sie die finanziellen Voraussetzungen erfüllen konnte, ein Einreisevisum für Talib zu beantragen. Mit dem Versprechen, ihn möglichst bald zu sich zu holen, verabschiedete sie sich von ihm und flog nach Deutschland zurück.

Sie hielt sich für die glücklichste Frau der Welt und war sich sicher, den besten Lebenspartner auserkoren zu haben. Sie hatte keinen Zweifel daran, dass Talib sie genauso umsorgen würde, wie ihr eigener Vater ihre Mutter, und sah einem glücklichen und zufriedenen Eheleben entgegen.

Nachdem sie sich auf mehrere Stellen beworben hatte, wurde sie schon bald von einem Reisebüro angestellt. Dies und die Tatsache, bereits über eine eigene Wohnung zu verfügen, ermöglichten es ihr, mühelos das Einreisevisum für Talib zu erhalten. So fieberte sie dem Tag entgegen, an dem er endlich zu ihr nach Deutschland kommen würde.

Es dauerte etwa sechs Monate, bis er schließlich einen Brief des deutschen Konsulats erhielt, in dem ihm mitgeteilt wurde, dass die Überprüfungen abgeschlossen wären und er sein Visum abholen könne. Die Nachricht versetzte Sofia in große Freude und voller Euphorie plante sie, wie sie ihn in Deutschland willkommen heißen, welche Orte sie ihm zeigen und welchen Bekannten und Freunden sie ihn vorstellen würde. Immer wieder änderte sie die Einrichtung der Wohnung, stellte die Gegenstände mal hierhin, mal dorthin. Es schien ihr, dass all ihre Wünsche in Erfüllung gegangen wären, und so freute sie sich auf ein fortan erfülltes und zufriedenes Leben.

Dann war es endlich so weit: Talib war tatsächlich in Deutschland angekommen. Sofia konnte kaum glauben, wie schnell alles gegangen war. Auf der Fahrt vom Flughafen wiederholte sie ihm gegenüber immer wieder, es nicht glauben zu können, dass er endlich bei ihr in Deutschland wäre. Nebenher stellte sie ihm die vielen großen und kleinen Orte vor, die sie während der Autofahrt passierten.

Ihre Freude war so groß, dass sie nicht an sich halten konnte und unentwegt redete. „Sobald du dich etwas ausgeruht hast, werden wir viel herumfahren. Ich werde dir die schönsten Orte Deutschlands zeigen. Die kommende Woche habe ich mir von der Arbeit freigenommen."

Talib schaute sie liebevoll an und sagte: „Ich werde jetzt für immer bei dir sein. Wir werden uns nach und nach alles in Ruhe anschauen."

„Heute werden wir zuerst zu Papa und Mama fahren

und dann am Abend weiter zu unserer Wohnung", erklärte sie ihm.

„Warum nicht zuerst zu uns nach Hause?"

„Das Haus meiner Eltern liegt näher am Flughafen und mein Vater hat für das Mittagessen gesorgt. Dies wird auch eine gute Gelegenheit sein, um meine Mutter kennenzulernen. Nach dem Tee fahren wir dann gleich weiter zu uns."

Talib beugte scherzhaft den Kopf. „Einverstanden, was auch immer Ihr befehlt!"

Als Talib und Sofia bei ihren Eltern ankamen, wurde er von Hameed herzlich begrüßt, wohingegen Sara ihm abwiesend begegnete. Ohne sich von der Couch zu erheben, streckte sie ihm lustlos die Hand entgegen. Talib, der es nicht gewohnt war, Frauen die Hand zu geben, schaute Hameed an, als ob er ihn um seine Erlaubnis bitten würde.

„Keine Angst, Talib. Hierzulande ist es üblich, sich die Hand zu geben", erklärte Hameed, und Talib reichte Sara zaghaft die Hand.

Mit einem Zeichen deutete Sofia ihm schließlich an, Platz zu nehmen. Noch während sich Hameed weiter mit Talib unterhielt, begann er, den Tisch zu decken, und Sofia half ihm dabei. Mit Verwunderung beobachtete Talib, wie Hameed die Arbeit im Haushalt verrichtete. Während Sara weiterhin gemütlich auf der Couch saß, begann Hameed damit, das Essen aus der Küche zu holen und auf dem Esstisch aufzutragen. Talib musste an seine eigene Familie denken, in der ausschließlich die Frauen die Hausarbeit erledigten. Die Männer seiner Familie gingen ihren jeweiligen Beschäftigungen nach, und wenn sie nach Hause kamen, setzten sie sich nur noch an den Tisch, um das schon zubereitete Essen zu genießen. Auch an den Tagen, die sie zu Hause verbrachten, würden sie nicht einmal daran denken, selbst in die Küche zu gehen, um sich das Essen warm zu machen.

Talib konnte sich nicht länger zurückhalten und fragte schließlich: „Onkel, machst du die gesamte Hausarbeit etwa selbst?"

„Wenn man hier neu ist, wirkt das alles sehr befremdlich, aber allmählich gewöhnt man sich daran und lernt, auch solche Arbeiten zu tun. Oder anders ausgedrückt, man muss es lernen. Als ich damals aus Pakistan in die Schweiz gezogen bin, wusste ich mit der Arbeit in der Küche nichts anzufangen. Sogar das Zubereiten von Tee und das Abspülen einer Tasse fielen mir sehr schwer. In Pakistan binden die Mütter ihre Kinder, vor allem die Söhne, nicht in die Hausarbeit ein. Hier aber ziehen Kinder nach dem Ende der Schulzeit üblicherweise aus dem Elternhaus aus, zum Beispiel für ein Studium in eine andere Stadt. Insofern müssen sie, egal ob Mädchen oder Junge, solche Dinge lernen. Ich kann inzwischen alles, angefangen vom Geschirrspülen bis hin zum Kochen. Das Lustige ist, dass meine Mutter noch immer nichts darüber weiß".

Talib sah Sofia fragend an. „Heißt das etwa, dass ich auch all diese Dinge tun muss?"

„Das ist Europa. Hier werden solche Arbeiten nicht als entwürdigend betrachtet."

„Jetzt jag dem armen Talib mit solchem Gerede doch keine Angst ein!", unterbrach Hameed die beiden neckend.

Mittlerweile stand das Essen auf dem Tisch. Sara widmete Talib weiterhin keine Aufmerksamkeit. Sofia schämte sich zwar für das Verhalten ihrer Mutter, doch die Tatsache, dass sie sich dazu bereit erklärt hatte, Talib wenigstens einmal zu sehen, während seine Mutter sich überhaupt geweigert hatte, Sofia kennenzulernen, beruhigte sie ein wenig.

Da Talib vom langen Flug müde war, fuhren sie nach

dem anschließenden gemeinsamen Tee gegen sechzehn Uhr nach Hause. Sofia war überglücklich.

In der ersten Woche unternahmen sie mehrere Ausflüge und sie zeigte ihm die verschiedenen sehenswerten Orte ihrer Stadt. Die Unterschiede zwischen der deutschen und der pakistanischen Kultur und die vollkommen andere Atmosphäre in beiden Ländern verwunderten Talib sehr. Er war aus Peschawar gekommen, einer extrem konservativen Stadt, in der ausnahmslos alle Frauen Burka trugen. Die entblößten Beine und ärmellosen Oberteile der Frauen und Mädchen in Deutschland wirkten befremdlich auf ihn, sodass er Sofia immer wieder fragte: „Schämen sich die Mädchen hier nicht, derart hüllenlos und entblößt herumzulaufen?"

„Die Lebensart und die Gesellschaft sind hier nun einmal so. Anstatt sie zu kritisieren, solltest du dich an sie gewöhnen", versuchte sie sich ihrerseits ihm zu erklären.

Als er in Parks, Straßenbahnen oder Zügen sah, wie junge Paare sich küssten, wendete er sich abermals an Sofia: „Was ist das bloß für eine Schamlosigkeit! Warum hält sie niemand auf?"

Sofia antwortete: „Du bist doch ein Muslim und solltest deine Blicke sowieso gesenkt halten. Wieso schaust du überhaupt dorthin?"

„Tu ich doch gar nicht. Sie geraten zufällig in mein Blickfeld."

„Schließ einfach die Augen, wenn du sie nicht sehen möchtest."

„Und wenn ich hinfalle?"

„Dann fange ich dich auf."

Mit solchen teils ernsthaften, teils neckischen Diskussionen verging Sofias zweiwöchiger Urlaub im Handumdrehen. Bald darauf begann Talib einen Deutschkurs, für den Sofia ihn schon vorab angemeldet hatte. Während sie nun täglich zur Arbeit ging, besuchte er seinen Sprachkurs. Sie unterstützte ihn sehr darin. Mit der Zeit wurden seine Sprachkenntnisse immer besser. Er begann auch, Sofia sowohl bei der Hausarbeit als auch bei den außerhäuslichen Besorgungen zu unterstützen. Es gelang ihm zusehends, sich an seine neue Lebensumwelt zu gewöhnen. Sofia fühlte sich überglücklich, ihn in ihrem Leben zu haben. Sie lebte in ihrer eigenen kleinen Welt und vernachlässigte zeitweise sogar ihre Bekannten und Freunde.

Sie wartete darauf, dass Talib möglichst bald seinen Kurs erfolgreich abschließen und eine Arbeit aufnehmen würde, sodass sie ihr Studium fortsetzen und zu einem Abschluss bringen konnte.

Nachdem er die zwei Stufen des Deutschkurses absolviert hatte und das erfolgreiche Ergebnis seines letzten Sprachtests vorlag, sagte sie: „Die erste Hürde, um hier eine Arbeit zu finden, hast du hinter dich gebracht. Du solltest jetzt anfangen, dich zu bewerben. Ich denke, dass du bald eine Anstellung finden wirst."

„Ich habe mir noch nie vorgestellt, irgendwo als Angestellter zu arbeiten. Am liebsten würde ich in das Textilgewerbe einsteigen und selbstständig werden. In Pakistan habe ich viele gute Verbindungen und kann mir von dort aus Ware zuschicken lassen, die ich hier weiterverkaufen kann. Dazu würde ich mir einen eigenen Laden mieten. Die einzige Schwierigkeit ist nur, dass ich im Moment über kein Kapital verfüge, das ich in ein eigenes Geschäft investieren könnte. Können wir nicht einen Kredit von der Bank aufnehmen?"

Sofia hob kritisch eine Braue. „Die Banken verlangen eine Bürgschaft für die Bewilligung von Krediten."

„Kannst du für mich bürgen?"

„Wie viel Kapital bräuchtest du denn für den Anfang?"

„Es sollten schon mindestens fünfzehntausend Euro sein, damit ich in Pakistan eine Vorauszahlung leisten kann", erklärte Talib. „Auch hier wird sicherlich vorab Geld nötig sein, um einen Laden anzumieten und entsprechend auszustatten. Wenn mein Geschäft gut läuft, werden die großen Gewinne sicher nicht lange auf sich warten lassen."

„Und wenn es nicht gut läuft?", fragte Sofia, noch immer kritisch blickend.

„Im Geschäftsleben muss man eben Risiken eingehen", antwortete Talib achselzuckend.

„Aber du hast keinerlei Erfahrung in diesem Bereich, in Pakistan hast du auf einem ganz anderen Gebiet gearbeitet."

„In Pakistan gibt es viele Leute, die mich unterstützen würden, und auch hier habe ich einige Personen kennengelernt, die mich in diesem Zusammenhang gut beraten haben. Wenn du also für mich bei der Bank bürgst, werde ich, inschallah, innerhalb eines einzigen Jahres in der Lage sein, den Kredit vollständig zurückzuzahlen und darüber hinaus auch Gewinn zu erzielen."

„Fünfzehntausend ist eine sehr große Summe", antwortete Sofia nach kurzem Überlegen. „Gib mir etwas Zeit, darüber nachzudenken. Allerdings weiß ich nicht, ob die Bank auf meine Bürgschaft hin überhaupt bereit wäre, dir eine so hohe Summe zu leihen. Ich selbst habe leider nicht so viel Geld, sonst hätte ich es dir gern gegeben."

„Sofia, das ist sehr wichtig. Wenn du nicht für mich bürgen kannst, sprich mit deinem Vater, damit er bei der Bank für mich bürgt", begann Talib plötzlich zu drängen.

„Mein Vater hat bereits genug andere Sorgen. Ich möchte ihn nicht mit finanziellen Belangen behelligen. Lass mich überlegen, wie ich dich unterstützen kann. An sich finde ich es aber besser, wenn du anfängst zu arbeiten, wenn auch nur vorübergehend, um selbst Geld anzusparen. Ich könnte mit meiner Arbeit parallel ebenfalls Geld zusammensparen, dann hättest du immer noch Zeit, um an ein eigenes Gewerbe zu denken."

„Aber heutzutage ist es nicht gerade einfach, eine Anstellung zu finden."

„Dort, wo ich arbeite, werden demnächst einige Stellen frei. Du könntest dich dort bewerben, vielleicht hast du ja Glück."

„Gut, dann werde ich mich bewerben. Aber wenn ich keine Arbeit finde, werden wir bei der Bank einen Kreditantrag stellen", stimmte Talib widerwillig Sofias Vorschlag zu.

Sofia hatte zwar etwas Geld aufgespart und verfügte außerdem noch über den Betrag, den ihr Vater ihr zur Hochzeit geschenkt hatte, jedoch war sie nicht bereit, dies für etwas auszugeben, worin Talib völlig unerfahren war. Zudem war sie angesichts der weltweit um sich greifenden Finanzkrise nicht von dem Erfolg eines eigenen Gewerbes überzeugt.

Talib bewarb sich, und schon nach einer Woche wurde er zu einem Vorstellungsgespräch eingeladen. Vielleicht waren es Sofias Gebete gewesen, die erhört wurden, oder möglicherweise war ihm das Glück besonders wohlgesonnen. Sie war jedenfalls sehr erleichtert, keinen Bankkredit aufnehmen zu müssen. Als auch Talib regelmäßig sein Gehalt erhielt, eröffneten sie ein Gemeinschaftskonto. Sofia nahm ihr Studium wieder auf und setzte währenddessen ihre Arbeit im Reisebüro auf Teilzeitbasis fort. Sie wollte Talib mit ihrem Studium nicht finanziell belasten und hatte überdies seinen Wunsch nach einem eigenen Gewerbe nicht vergessen.

Sie einigten sich darauf, ihren Lebensunterhalt mit Talibs Gehalt zu bestreiten und Sofias Einkommen anzusparen, damit ihnen innerhalb kürzester Zeit möglichst viel Geld zur Verfügung stünde. Sofia, für die all dies eine zusätzliche Belastung bedeutete, fiel das Arbeiten neben dem Studium besonders schwer, und so motivierte sie sich damit, dass zumindest nach ihrem Studium das Leben wieder leichter werden würde.

In den nächsten anderthalb Jahren führten sie den Haushalt der Absprache entsprechend und sparten Geld. Jeden Monat schickte Talib einen kleinen Teil seines Lohns an seine Familie nach Pakistan. Sofia hatte keinerlei Einwände dagegen, schließlich war ihr bewusst, dass er auch für sie Verantwortung zu tragen hatte. Manchmal befiel sie allerdings das Gefühl, dass er in Bezug auf das Finanzielle ihr gegenüber nicht immer ehrlich war, doch sprach sie ihren Verdacht niemals offen aus, da sie ihn nicht bloßstellen wollte.

Das Rad der Zeit drehte sich weiter. Sofia schloss ihr Studium erfolgreich ab und begann erneut, Vollzeit im Reisebüro zu arbeiten, um die Zeit zu überbrücken, bis sie eine ihrer Qualifikation entsprechende Arbeitsstelle finden würde. Inzwischen war eine beachtliche Geldsumme zusammengekommen und sie begann, sich nach Eigentumswohnungen umzuschauen.

Sie fragte sich immer wieder, warum sie nicht mehr das Verlangen hatte, nach Pakistan zu fliegen. Lag es daran, dass sie das, was sie dort immer gesucht hatte, endlich gefunden hatte? Ihre Großmutter war sehr besorgt um sie. Schon allein deshalb, nur um ihr zu zeigen, dass ihre Entscheidung, Talib zu heiraten vollkommen richtig gewesen war, hätte sie sie besuchen und sie Anteil an ihrer Freude nehmen lassen sollen.

Sofia plante daher, nach dem Kauf ihrer Wohnung

mit Talib zusammen nach Pakistan zu fliegen, denn sie hatte ihre Großmutter seit ihrer Hochzeit nicht mehr gesehen. Auch Shehla, Amir und Sohail warfen ihr unentwegt vor, sie hätte sie nach ihrer Heirat völlig vergessen. Zudem hatte sie sich vorgenommen, unbedingt zu versuchen, Talibs Mutter und seine Geschwister zu treffen.

Doch es stellte sich heraus, dass sie nicht mit so viel Glück gesegnet war, wie sie es für sich angenommen hatte. Unvermittelt bemerkte sie eine Veränderung, die ihr Unbehagen bereitete. Seit einigen Wochen erhielt Talib nächtliche Anrufe aus Pakistan oder Afghanistan. Er unterhielt sich bei diesen Telefongesprächen auf Paschto und wirkte nach ihnen äußerst besorgt. Zunächst widmete sie all dem keine besondere Aufmerksamkeit. Sobald das Telefon klingelte, verließ Talib das Schlafzimmer, um im Nebenzimmer zu telefonieren, während sie wieder einschlief. Als sich die Anrufe aber stetig Nacht für Nacht wiederholten, befiel sie Misstrauen. Sie fragte sich, wieso jemand immerfort nur nachts anrief, zu einer Zeit, in der man annehmen würde, dass sie bereits schlief. Als in einer Nacht wiederum das Telefon klingelte und Talib zum Telefonieren in das Nebenzimmer ging, belauschte sie ihn, doch so sehr sie sich auch bemühte, sie konnte kein einziges Wort verstehen. Als er nach diesem Telefonat in das Schlafzimmer zurückkehrte, bemerkte sie, dass er am ganzen Körper zitterte. Obwohl sie nun das Wissen plagte, dass es etwas gab, was er ihr nicht mitteilen konnte oder ihr bewusst verschwieg, sprach sie ihn nicht darauf an und stellte sich weiterhin schlafend. Sie versuchte sich mit der Vermutung zu beruhigen, dass es sich sicherlich um etwas handelte, was lediglich seine Mutter oder Geschwister betraf und womit er sie nicht belasten wollte.

Eines Tages, als sie von der Arbeit heimkehrte, fand sie Talib bereits zu Hause vor. Er machte einen besorgten

Eindruck auf sie.

„Was ist los? Geht es dir auch gut?", fragte sie ihn liebevoll.

„Doch, mir geht es gut, aber Onkel Habib-Ullah hat angerufen. Er ist in Deutschland und möchte uns für einige Tage besuchen."

„Hatte er dich darüber informiert, dass er nach Deutschland kommen will?" Plötzlich fielen Ihr die wiederholten nächtlichen Anrufe der letzten Zeit ein.

„Er hatte mir sein Vorhaben schon mitgeteilt, wusste aber nicht, ob er das Visum bekommen würde. Als er es schließlich erhalten hat, hat er den nächsten Flug genommen und ist nun hier."

Sofia überkam ein mulmiges Gefühl. „Wie lange hat er denn vor, bei uns zu bleiben?"

„Sicher weiß ich das nicht, und außerdem widerspricht es unserer Tradition, einem Gast solch eine Frage zu stellen. Er wird aber sicherlich einige Zeit bei uns verbringen, oder anders ausgedrückt, er wird solange bei uns bleiben, wie er möchte."

„Es wäre besser, wenn er zu einem späteren Zeitpunkt kommen würde. Ich halte bereits Ausschau nach einer größeren Wohnung. Hier haben wir nicht genügend Platz für einen Gast. Wir haben nur ein Schlafzimmer. Wo soll er denn schlafen?"

„Ehrlich gesagt bin ich auch nicht über sein Kommen begeistert. Aber er hat nun mal das Visum. Und ich kann ihn nicht aufhalten. Wir können ihm für einige Tage unser Schlafzimmer überlassen und selbst im Wohnzimmer schlafen."

Sofia gefiel dieser Vorschlag nicht sonderlich. „Wenn es sich nur um einige Tage handeln würde, wäre es sicher kein Problem. Aber du weißt ja nicht, wie lange er tatsächlich bleiben will. Daher wäre es besser, dass er im Wohnzimmer schläft, anstatt dass wir beide unser Schlafzimmer verlassen."

„Lass uns dies später entscheiden, wenn er hier ist."

„Wo ist er im Moment?"

„Vielleicht ist er bei jemandem in einem Flüchtlingslager."

„Und warum ist er überhaupt nach Deutschland gekommen?"

„Ich weiß es nicht."

Für Sofia war Habib-Ullah eine fremde Person. Die Erinnerung an sein Auftreten und seine Diskussion bezüglich der Morgengabe weckten große Sorgen in ihr. Es behagte ihr ganz und gar nicht, dass er für eine längere Zeit bei ihnen leben würde, doch da er der Bruder von Talibs Mutter war, konnte sie ihn nicht einfach abweisen. So schwieg sie.

Habib-Ullah kam bereits am Abend des darauffolgenden Tages. Sofia deckte den Tisch und richtete das Essen an. Als sie Wasser in Habib-Ullahs Glaskelch einschenken wollte, wandte er sich abrupt an Talib und sagte mit entrüsteter Stimme: „Entferne dieses Weinglas vor mir! Gib mir ein anderes Glas!"

Voller Sorge antwortete Sofia: „Onkel, das ist kein Weinglas. Wir benutzen diese Gläser immer. Selbstverständlich trinken wir keinen Alkohol."

„Ich kann aus diesem Glas nicht trinken. Bring mir ein normales Glas!" Wieder sprach Habib-Ullah nur mit Talib.

Anstatt mit ihm zu diskutieren, stellte Sofia den Kelch auf die andere Tischseite und holte ein gewöhnliches Trinkglas, das sie schweigend vor ihm abstellte. Es gab ihr zu denken, dass dieser Mensch noch nicht einmal in der Lage war, den ihm entgegengebrachten Respekt zu erkennen.

Schließlich hatte sie den Tisch nur aus Gastfreundlichkeit und Achtung ihm gegenüber mit den teureren Trinkkelchen gedeckt. Sie fragte sich auch, was noch alles auf sie zukommen würde, denn dies war gerade einmal der erste Tag, der Anfang.

Als sie erneut kurz in die Küche gehen wollte, hörte sie, wie Habib-Ullah in flüsterndem Ton Talib fragte: „Ist das Fleisch halal?"[19]

„Es ist zweifelsfrei halal, ich habe es selbst in einem türkischen Lebensmittelgeschäft gekauft."

„Den Türken hier kann man nicht trauen! Wer weiß, vielleicht mischen sie ja halal mit haram[20] Fleisch, bevor sie es verkaufen."

„Nein, so ist das nicht. Alle Muslime kaufen ihr Fleisch beim Türken", versuchte Talib ihn zu überzeugen.

Sofia kehrte an den Esstisch zurück, ließ sich aber nicht anmerken, dass sie das Gespräch mitbekommen hatte. Habib-Ullahs Skepsis ihr gegenüber enttäuschte sie. Sie musste daran denken, wie schmeichelnd er als typischer Geschäftsmann ihr gegenüber aufgetreten war, als sie ihn damals bezüglich der Umrah zum ersten Mal getroffen hatte. Vielleicht hatte sich sein Tonfall ihr gegenüber verändert, weil er sich ihr jetzt überlegen fühlte, nachdem sie Talib geheiratet hatte und somit quasi zu seiner Schwiegertochter geworden war.

Die Couch im Wohnzimmer wurde ausgeklappt und als Schlafplatz für Habib-Ullah hergerichtet. Seine Sachen wurden in einem Schrank im Wohnzimmer, der bereits leergeräumt worden war, untergebracht. Bevor er sich schlafen legte, wies er Talib noch an, ihn für das morgendliche Gebet

---

[19]Nach dem religiösen Gesetz des Islams erlaubt.
[20]Nach dem religiösen Gesetz des Islams verboten.

zu wecken.

Talib wachte noch vor der Morgendämmerung auf und ging in das Wohnzimmer zu Habib-Ullah. Dieser trug ihm auf, den Gebetsruf zu vollziehen, während er selbst ins Bad ging, um die für das Gebet notwendige Waschung durchzuführen. Talib leistete der Anweisung lauthals Folge. Nachdem beide gemeinschaftlich das Morgengebet verrichtet hatten, rezitierten sie mit lauter Stimme den Koran. Sofia, die über die gesamte Zeit hinweg wach in ihrem Bett gelegen hatte, begann vor Nervosität zu schwitzen, denn sie befürchtete, dass ihre Nachbarn sich beschweren würden, wenn schon vor Sonnenaufgang Lärm aus ihrer Wohnung drang. In ihrem Mietvertrag war die Klausel verankert, dass vor fünf Uhr morgens noch nicht einmal geduscht oder ein Bad genommen werden durfte, damit durch das Geräusch des Wassers die Bettruhe der Nachbarn nicht gestört wurde. Sie hoffte inständig, dass ihre Nachbarn durch den Lärm nicht wach geworden waren. Auch sie selbst wollte das Morgengebet verrichten, doch sie fühlte sich der Situation dermaßen schutzlos ausgeliefert, dass sie noch nicht einmal den Mut aufbringen konnte, das Bett zu verlassen. Ihr gesamter Körper fühlte sich bleischwer an, sodass sie keine Kraft hatte, ihn zu bewegen.

Nach dem gemeinsamen Gebet und der Rezitation des Korans begannen Habib-Ullah und Talib, sich lautstark miteinander zu unterhalten. Anstatt Sofia darum zu bitten, bereitete Talib selbst das Frühstück für Habib-Ullah zu, und bevor sie überhaupt das Schlafzimmer verlassen hatte, waren beide schon ausgehfertig.

Talib hatte sich für diesen Tag von der Arbeit freigenommen, um sich voll und ganz Habib-Ullah zu widmen. Er war ihm ergeben, als ob er sein Mentor wäre, und rannte sprichwörtlich im Dauerlauf, um seine Aufträge auszuführen. Wenn Habib-Ullah aufstand, brachte er ihm eilends seine Schuhe, und wenn er von auswärts wieder zurückkehrte und seine Schuhe auszog, hob Talib diese mit seinen eigenen Händen auf und stellte sie beiseite. Auf Sofia wirkte die Beziehung nicht wie die eines Onkels und seines Neffen, sondern wie die eines autoritären Meisters und seines gehorsamen Jüngers. Alles, was Talib unternahm, kam ihr wie Schmeichelei Habib-Ullah gegenüber vor. Die beiden unterhielten sich überwiegend auf Paschto miteinander. Sofia hingegen wurde von ihnen meistens ignoriert. Mittlerweile sprach Talib in Habib-Ullahs Gegenwart nur noch gehemmt mit ihr, und sie hatte das Gefühl, zwischen ihr und Talib bestünde keine Bindung mehr. Die Stimmung in ihrem eigenen Heim hatte sich vollständig verändert, sie konnte es nicht mehr wiedererkennen. Auch Talib veränderte sich zunehmend.

Der Onkel und sein Neffe hatten schon bald ihre ganz eigene Routine entwickelt. Nachdem Talib vor Sonnenaufgang lautstark zum Gebet gerufen hatte, verrichteten beide gemeinsam das morgendliche Gebet und rezitierten anschließend mit erhobenen Stimmen den Koran. Sie frühstückten miteinander und verließen schon am frühen Morgen zusammen die Wohnung. Talib hielt es nicht einmal mehr für nötig, Sofia darüber zu informieren, wohin sie gingen und wann sie zurückkehren würden. Meistens kamen sie erst spät am Abend zurück. Sofia ging jeden Tag, nachdem sie alleine gefrühstückt hatte, zur Arbeit und bereitete nach ihrer Rückkehr das Abendessen zu. Manchmal setzten sich beide an den Tisch, noch während sie diesen deckte, und ohne darauf zu warten, dass sie ihre Arbeit beendet hatte, sprach Habib-Ullah die Basmala aus und begann zu Essen. Talib tat es ihm gleich und wenn Sofia sich schließlich zu ihnen setzte, waren sie mit dem Essen bereits fertig. Sie bekam dann kaum noch einen Bissen hinunter und fühlte sich zusehends dem Ganzen schutzlos ausgeliefert. Das Verhalten der beiden Männer hatte ihren inneren Frieden zunichte gemacht. Sie konnte keine Gelegenheit finden, mit Talib alleine zu sprechen. Wann immer er und Habib-Ullah morgens gemeinsam die Wohnung verließen, betete sie, dass dies Habib-Ullahs letzter Tag bei ihnen wäre und er nicht mehr zurückkäme, doch jeden Abend stand er wieder an Talibs Seite.

Als eines Tages Talib und Habib-Ullah heimkehrten, schaute Sofia gerade einen Dokumentarfilm über Benazir Bhuttos Ermordung. Die beiden setzten sich dazu. Während der Sendung ließ Habib-Ullah eine Bemerkung über Benazir Bhutto fallen, die Sofia dermaßen entsetzte, dass sie sich von ihrem Platz erhob und in die Küche ging.

Er hatte gesagt: „Gut, dass sie tot ist. Wie kommt eine Frau überhaupt dazu, ein Land regieren zu wollen? Man hätte sie schon viel früher umbringen sollen. Ich frage mich, warum ihr solche Freiheiten eingeräumt wurden. Frauen sollen Kinder gebären und den Haushalt führen und keine Reden schwingen."

Sofia musste an die Worte ihrer Großmutter vor der Hochzeit denken: „Schatz, ihr kommt aus zwei völlig verschiedenen Welten. Während du in einer freien Gesellschaft aufgewachsen bist, lebt er in einer paschtunischen, die sehr streng ist. Außerdem weißt du so gut wie nichts über ihn und seine Familie. Wer weiß, welche Gewohnheiten er hat."

Mit der Zeit begann Habib-Ullah, sich in ihre häuslichen Angelegenheiten einzumischen und Sofia direkt zu kritisieren.

Einmal, als sie zusammen aßen, zeigte er auf die an der Wand hängenden Hochzeitsbilder von Talib und ihr und sagte dabei in gebieterischem Ton: „Wieso habt ihr die Bilder in dieser Richtung angebracht? Sie ziehen beim Verrichten des Gebets die Aufmerksamkeit auf sich. Hängt sie ab, sie stören meine Gebete!"

Talib antwortete darauf nicht, doch Sofia, die angesichts seines Verhaltens schon zu lange geschwiegen hatte, entgegnete, ihren Ärger unterdrückend, mit ruhiger Stimme: „Onkel, die Bilder hängen ziemlich weit oben. Wenn du das Gebet konzentriert verrichtest, können sie dich nicht ablenken. Außerdem ist dies keine Moschee, wo es verboten ist, Bilder aufzuhängen, sondern eine Wohnung. Wenn dich die Bilder stören, kannst du das Gebet ja weiter abseits verrichten. Ich selbst bete auch in diesem Zimmer und die Bilder haben mich noch nie abgelenkt."

„Mädchen, so wie du redest, hast du offenbar keine Angst vor Gottes Zorn."

„Wieso beziehst du ein einfaches Gespräch geradewegs auf Gott?" Die Worte schossen wie von selbst aus Sofia heraus. „Leute wie du, die sich selbst für besonders religiös halten, jagen den Menschen mit Gottes strafenden Eigenschaften ständig Angst ein und halten ihnen vor, seinen Zorn auf sich zu ziehen, wenn sie dieses oder jenes tun. Bei jeder Kleinigkeit wird sogleich Gottes Strafe angedroht. Wieso sprichst du nicht über Gottes barmherzige und vergebende Eigenschaften? Gott ist gnädig und barmherzig. Er liebt seine Geschöpfe."

„Sicher hat Gott auch eine barmherzige Seite, diese ist jedoch nur denen vorbehalten, die seine Gebote einhalten", erwiderte Habib-Ullah und fuhr mit erhobenem Zeigefinger fort. „Sein Zorn und seine Strafe aber ereilen diejenigen, die seine Gesetze missachten. Genau das versuche ich dir klarzumachen. Wenn du Gottes Regeln vernachlässigst, wirst du seinen Zorn ernten."

„Wo steht denn geschrieben, dass in einer Wohnung keine Bilder aufgehängt werden dürfen?" Sofia war nun in

Fahrt gekommen und nicht mehr bereit, in dieser Diskussion klein beizugeben.

Talib hingegen schwieg zwar weiterhin und bezog keine Partei, doch innerlich befürchtete er, seinen Onkel zu verärgern.

„Es ist sinnlos, mit dir zu streiten, mit dir wird Gott selbst abrechnen", sagte Habib-Ullah schließlich, als ihm nichts mehr einfiel.

„Du versuchst schon wieder, mir mit Gott Angst einzuflößen. Nach den islamischen Lehren ist jeder für seine Taten selbst verantwortlich. Ich bin auch eine Muslimin und verfüge über einen Verstand. Meine Handlungen sind nur meine eigenen Handlungen und ich habe meine eigene Beziehung zu Gott. Ich habe größeres Vertrauen in Gottes Gnade. Versuch deshalb nicht, mich zu verängstigen. Kümmere dich besser um dein eigenes Verhalten!" Sofias Ton hatte eine neuartige Schärfe angenommen.

„Ich habe dir doch gesagt, dass du dieser Weißen nicht zu viele Freiheiten gewähren sollst!", wandte sich Habib-Ullah nun entrüstet an Talib.

„Ich bin nicht nur eine Weiße, sondern auch eine Pakistanerin. Und wer bist du, dass du versuchst, Talib gegen mich aufzuhetzen?"

Habib-Ullah gab ihr keine Antwort. Seit seiner Ankunft in Deutschland war dies das erste Gespräch gewesen, das zwischen ihm und Sofia direkt stattfand.

Wann immer sich Habib-Ullah in der Wohnung befand, spürte Sofia seinen missachtenden Blick auf sich ruhen. Sie konnte sich nicht mehr ausgelassen in ihrem eigenen Heim bewegen. Wenn er zu Hause war, trug sie ausschließlich Shalwar Kamiz, und hatte stets ein Tuch um den Hals gewickelt. Als sie einmal den Tisch deckte, bekam sie mit, wie Habib-Ullah ihren Namen erwähnte, während er mit

Talib etwas auf Paschto besprach.

Nachdem sie Talib mit fragendem Blick anschaute, sagte er, ohne zu überlegen: „Mamu[21] sagt, dass du in seiner Gegenwart deinen Kopf bedecken sollst."

Sofia, deren Geduld schon längst zu Ende war, erwiderte mit sarkastischer Stimme: „Und weshalb sollte ich das tun?"

„Weil im Koran geschrieben steht, dass Frauen sich vor Männern außerhalb des engen Verwandtschaftskreises bedecken müssen."

„Und wer sollte das hier bitteschön sein? Du bist mein Ehemann und er ist dein Onkel."

„Ich bin nicht direkt mit dir verwandt, sondern mit Talib", mischte sich nun auch Habib-Ullah ein.

„Was hast du dann in meiner Wohnung zu suchen?" Sofia konnte sich nicht mehr zurückhalten.

„Du beleidigst meinen Gast!" Auch Talib war nun in Rage geraten.

„Und was ist mit der Tatsache, dass dein Gast mich beleidigt?"

„Ich glaube, es ist an der Zeit, dass ich dieses Haus verlasse; aber du Talib, wenn du es nicht schaffen kannst, die Zunge deiner Frau im Zaum zu halten, wird sie deinen Untergang bedeuten", versuchte Habib-Ullah seinen Neffen ein weiteres Mal aufzustacheln, doch dieser blieb stumm.

Für Sofia wurde es zunehmend schwerer, Habib-Ullahs Verbleib in ihrem Hause zu erdulden. So vergingen zwei weitere Wochen. Eines Tages, als Talib nach dem Frühstück gerade mit Habib-Ullah zusammen die Wohnung verlassen wollte, hielt ihn Sofia auf und sagte ihm, dass sie mit

---

[21]Anrede für den Bruder der Mutter

ihm etwas zu besprechen habe.

Er antwortete: „Im Moment bin ich in Eile. Ich spreche mit dir, wenn ich am Abend wieder zurück bin."

„Aber du kommst mittlerweile so spät nach Hause, dass ich bereits eingeschlafen bin."

„Ich werde versuchen, heute früher zu kommen", antwortete Talib, während er sich mit einer Serviette seine Hände abwischte und mit Habib-Ullah die Wohnung verließ.

Sofia blieb aufgebracht zurück, jedoch hatte sie beschlossen, an diesem Tag wach zu bleiben, um mit ihm über seine sich häufenden Fehltage bei der Arbeit zu sprechen und um ihm klarzumachen, dass er sie dadurch verlieren konnte.

Talib kam spät in der Nacht alleine zurück.

„Ist dein Onkel abgereist?"

„Warum sollte er das nicht? Hätte er bei der mangelnden Ehrerbietung, die du ihm entgegengebracht hast, etwa noch länger bleiben können?"

„Und was ist damit, dass er mich ständig angegriffen hat? Wer gab ihm das Recht dazu?"

„Wenn ältere Menschen einem etwas sagen, sollte man das schweigend hinnehmen", versuchte Talib sie zu besänftigen.

„Wird er wieder zurückkommen?"

„Nein."

„Aber sein Gepäck steht noch hier."

„Das werde ich ihm im Flüchtlingslager zukommen lassen."

„Das bedeutet also, dass er sich nach wie vor in Deutschland aufhält."

„Vielleicht. Wolltest du nicht etwas Wichtiges mit mir bereden?", wechselte Talib das Thema.

„Nur dass wegen deiner vielen Fehltage bei der Arbeit die Gefahr besteht, dass dir gekündigt wird."

„Ich habe nicht vor, weiterhin dort zu arbeiten."

„Wie bitte?" Sofia traute ihren Ohren nicht.

„Mir gefällt die Atmosphäre auf meiner Arbeit nicht. Einige Leute behandeln mich schlecht, weil ich Ausländer bin. Ich hatte von Anfang an gesagt, dass ich mich selbstständig machen möchte. Und jetzt, nachdem wir eine beachtliche Summe angespart haben, will ich dieses Geld in ein eigenes Gewerbe investieren."

„Alles läuft doch so gut, wozu ein Gewerbe eröffnen? Ich hatte daran gedacht, mit dem Geld eine Eigentumswohnung zu kaufen."

„Eine eigene Wohnung können wir uns jetzt ohnehin noch nicht leisten, ich habe nämlich zehntausend Euro Onkel Habib-Ullah gegeben, damit er für mich Ware aus Pakistan beschaffen kann. Und etwas Geld habe ich auch an meine Mutter geschickt, da die Hochzeit meines jüngeren Bruders bevorsteht."

Sofia fühlte sich einer Ohnmacht nahe. Hatte Talib ihr hart verdientes Geld tatsächlich ohne sie zu fragen ausgegeben? Vor lauter Verzweiflung stiegen ihr Tränen in die Augen.

„Du hast dich mir gegenüber schändlich verhalten!", sagte sie mit weinerlicher Stimme, während sie ins Bett kroch und die Decke über ihren Kopf zog. Sie zitterte am ganzen Körper.

Talib verließ das Zimmer. Vielleicht tat es ihm leid, dass er Sofia verletzt hatte, oder aber er hing einfach nur anderen Gedanken nach.

Nachdem sie den ersten Schreck überwunden hatte, fasste sie noch in derselben Nacht einen Entschluss. Am nächsten Tag suchte sie bereits am frühen Morgen, bevor sie zur Arbeit ging, die Bank auf. Sie hob das restliche angesparte Geld ab und eröffnete ein eigenes Sparkonto. Sie hatte in Bezug auf Geld jegliches Vertrauen in Talib verloren.

Habib-Ullahs Aufenthalt veränderte Talibs Verhalten von Grund auf. Er gab seine Arbeitsstelle auf, und da es keinen triftigen Grund gab und er zudem dort auch noch nicht allzu lange gearbeitet hatte, hatte er keinen Anspruch auf Arbeitslosengeld. Ihren Lebensunterhalt bestritten sie nun allein durch Sofias Einkommen. Sie konnte nicht verstehen, wie Habib-Ullahs Aufenthalt solch eine Wirkung auf Talib haben und sein Verhalten dermaßen verändern konnte, dass er sich immer weiter von ihr entfernte. Früher waren sie oft abends ausgegangen und durch die Straßen geschlendert, während sie über ihre Zukunft sprachen und Pläne schmiedeten. Doch nun bereitete es ihm schon Unbehagen, mit ihr gemeinsam aus der Wohnung zu treten. Die ersten sechs Tage nach Habib-Ullahs Abreise verbrachte er ausschließlich in der Wohnung und verließ sie für keinen Augenblick. Ständig empfing er Anrufe, die er stets auf Paschto führte, immer in der Annahme, dass Sofia ihn dabei nicht verstehen konnte.

Als sie wenige Tage später von der Arbeit nach Hause kam, fand sie ihn wutentbrannt vor. „Was hast du mit meinem Geld von der Bank gemacht?"

„Was hast *du* mit dem Geld gemacht, das du abgehoben hattest?", konterte Sofia mit einer Gegenfrage.

„Das habe ich dir doch bereits erklärt. Ich habe das Geld benötigt, um mein eigenes Gewerbe zu beginnen und Ware zu bestellen", antwortete Talib, nun in ruhigerem Ton.

„Aber du hast das Geld abgehoben, ohne dich vorher mit mir abzusprechen. Der ganze Sinn, ein Gemeinschaftskonto zu eröffnen, lag doch darin, dass wir uns immer miteinander beraten würden, wie wir das Geld ausgeben wollten. Stattdessen hast du so eine hohe Summe Habib-Ullah gegeben, ohne mit mir darüber zu sprechen.

„Nenne den Namen meines Onkels mit Respekt!", forderte Talib. „Und sag mir, wo sich das restliche Geld befindet!"

„Es ist mein Geld, das ich mit Mühe verdient habe. Ich habe mein eigenes Konto eröffnet, da ich dir in Geldangelegenheiten nicht mehr vertrauen kann. Außerdem hast du deine Arbeit gekündigt. Wie sollen jetzt unsere Lebenshaltungskosten gedeckt werden?"

„Ich brauche Geld, um einen Laden anzumieten. Wo soll ich denn all die Ware lagern, wenn sie aus Pakistan kommt?" Sofias Bedenken schienen Talib nicht sonderlich zu interessieren.

„Das Geld ist nun auf einem Festgeldkonto. Daher kann ich es noch nicht abheben."

„Aber du hast doch noch das Geld, das dein Vater dir gegeben hat."

Sofia musterte Talib argwöhnisch. „Woher weißt du davon?"

„Ich habe es in deinem Sparbuch gesehen."

„Und warum sollte ich es dir geben?"

„Weil du eine muslimische Frau bist. Wir haben das große Vorbild von Hazrat Khadija vor Augen, die nach ihrer Eheschließung mit dem Heiligen Propheten ihm ihr sämtliches Vermögen übergab, damit er es in sein Gewerbe investieren konnte. Wenn du nicht bereit bist, mir das Geld zu geben, bist du keine Muslimin!" Mit diesen Worten schloss Talib sie quasi aus dem Islam aus.

Sofia konnte nicht glauben was sie da hörte. „Der Heilige Prophet Mohammad gab jegliches Geld nur für religiöse und wohltätige Zwecke aus. Ich aber habe keine Ahnung, wofür du das Geld ausgibst. Also bist du für mich kein Muslim!"

Ihr Streit endete ergebnislos und sie gingen hungrig

und durstig zu Bett. Wieder einmal wunderte sich Sofia, wie Habib-Ullahs Anwesenheit solch eine Auswirkung auf Talib gehabt haben konnte. Wie war es dazu gekommen, dass Talib, der sonst jeden Schritt wohlüberlegt unternahm, plötzlich und ohne irgendein Wort ihr gegenüber so viel Geld an Habib-Ullah weitergegeben hatte? Warum wirkte er in seiner Gegenwart immer so befangen? Ihr fielen immer wieder die mahnenden Worte ihrer Großmutter ein und sie begann sich einzugestehen, dass ihre Entscheidung, ihn zu heiraten, womöglich übereilt gewesen war.

Während der Nacht fragte sie sich ständig, ob sie Talib eventuell doch etwas Geld für sein Vorhaben überlassen sollte oder nicht. Da er seine Arbeitsstelle aufgegeben hatte, lag es auf der Hand, dass er irgendeiner Beschäftigung, und sei sie noch so klein, nachgehen musste, damit sie weiterhin ihren Lebensunterhalt finanzieren konnten. Sie hatte ihn nun einmal geheiratet, und es stand für sie fest, dass sie weiterhin ihr Leben mit ihm verbringen wollte. Letztlich entschied sie, ihm doch etwas Geld zu geben, um zu sehen, ob sich sein Vorhaben auszahlen würde.

Als sie am nächsten Morgen am Esstisch saß und frühstückte, gesellte sich Talib zu ihr und sagte, während er liebevoll ihre Hand ergriff: „Ich habe einen großen Fehler gemacht, als ich ohne dein Wissen das Geld von der Bank abgehoben und es Onkel Habib-Ullah gegeben habe. Ich verspreche dir, dass sich so etwas nie mehr wiederholt. Hilf mir nur ein einziges Mal, einen Laden anzumieten. Ich werde dir jeden einzelnen Cent zurückzahlen. Und irgendwann kaufen wir uns dann auch unsere eigene Wohnung."

Da Sofia bereits in der Nacht entschieden hatte, Talib zu unterstützen, gingen sie noch am gleichen Tage zur Bank, um den für die Anmietung des Geschäfts notwendigen Betrag abzuheben. Sie sahen die Anzeigen in den Zeitungen durch und Sofia half ihm dabei, einen passenden Raum für sein Projekt zu finden. Es dauerte nicht lange, bis sie einen geeigneten Laden gefunden hatten, den Talib sogleich anmietete. Auch war zwischenzeitlich einige Ware aus Pakistan eingetroffen, sodass er sich nun gänzlich seinem Gewerbe widmete.

Mit fortschreitender Zeit merkte Sofia jedoch immer deutlicher, dass er jegliches Interesse an ihrer Person verloren hatte. Ständig gab er vor, beschäftigt zu sein. Wenn er zu Hause war, verbrachte er nahezu die gesamte Zeit am Telefon und unterhielt sich mit verschiedenen Leuten auf Paschto. Für Sofia nahm er sich überhaupt keine Zeit mehr, und wann immer sie seine Aufmerksamkeit auf eine Haushaltsangelegenheit oder Besorgung lenkte, reagierte er schroff. Er kritisierte sie fortwährend und warf ihr vor, die Atmosphäre bei ihnen sei nicht islamisch genug.

Die Maske fiel von ihm ab und sein wahres Gesicht kam zum Vorschein. Der äußerlich fröhlich wirkende und attraktive junge Mann legte ein absonderliches Verhalten an den Tag. Er hielt sich selbst für einen wahren Muslim, doch schien sein Islam von einem völlig anderen Planeten zu stammen. Seine eigenen Koranauslegungen waren dermaßen absurd, dass Sofia ihm oftmals am liebsten einen Gegenstand an den Kopf geworfen hätte, nur damit er endlich schwieg. Sie hatte mittlerweile erkannt, dass ihre Charaktere grundverschieden waren. Ähnlich wie ihr Vater war auch sie ein weichherziger und sanftmütiger Mensch mit einer milden Ausdrucksweise und stets bereit, anderen in Not zu helfen. Talib hingegen war hartherzig und engstirnig, die Bedürfnisse anderer Menschen waren ihm gleichgültig und sein Tonfall war streng und schroff. Sein gesamtes Wesen war von Bitterkeit geprägt. Am Anfang noch hinter seiner durch den Kulturschock verursachten Befangenheit verborgen, waren nun seine wahren Eigenschaften zum Vorschein getreten.

Das Klima zwischen ihnen blieb nun dauerhaft getrübt. Er zeigte keinerlei Interesse mehr an häuslichen Belangen. Sofia ging regelmäßig arbeiten, verdiente das Geld und bereitete das Essen zu, während er den gesamten Tag mit Telefonieren verbrachte. Die Situation belastete sie zunehmend. Er schien gezielt all die Dinge zu tun, von denen er genau wusste, dass sie sie bedrückten. Nach Habib-Ullahs Abreise hatte er nicht damit aufgehört, nach dem Verrichten des Morgengebets lautstark den Koran zu rezitieren. Ihre Nachbarin, deren Wohnung direkt an ihre angrenzte, hatte sich schon mehrfach darüber beschwert, dass dies ihren und den Schlaf ihrer Tochter stören würde. Sofia versuchte, Talib geduldig und in ruhigem Ton darauf hinzuweisen, entweder den Koran leiser zu rezitieren oder mit der Rezitation etwas später zu beginnen, doch er antwortete nur: „Das Rezitieren des Korans um diese Uhrzeit ist segensreicher."

„Aber der Islam lehrt auch, die Rechte der Nachbarn zu achten."

„Wir müssen selbst entscheiden, welches Gebot zu welcher Zeit den größeren Vorrang genießt", erwiderte er gleichgültig.

„Vielleicht kannst du mehr Segen erwerben, wenn du aus Rücksicht auf unsere Nachbarn in einer etwas leiseren Lautstärke den Koran rezitierst", unternahm sie einen weiteren Versuch, zu ihm durchzudringen.

„Du hast doch genau gewusst, dass du einen Muslim heiratest, und wie ein Muslim in seinem eigenen Heim die islamischen Gebote lebt."

„Aber mein Vater rezitiert jeden Morgen mit leiser Stimme den Koran und achtet auch stets auf seine Nachbarn."

„Dein Vater hat eine nichtmuslimische Frau geheiratet. Er ist gar kein richtiger Muslim!" Talib schien es wichtiger zu sein, Gottes Wohlgefallen zu erlangen, als diesen Konflikt zu lösen.

Habib-Ullah kam zwar nie wieder zu ihnen zurück, aber sein einziger Aufenthalt hatte ausgereicht, um Sofias glückliches und zufriedenes Leben zu zerrütten. Nicht nur war ihre Beziehung zu Talib nachhaltig gestört, auch das Verhältnis zu den Nachbarn war unweigerlich verdorben. Dieselbe Nachbarin, die sich einst freundlich um sie zu kümmern pflegte, wandte sich nun wegen Talibs Sturheit von ihr ab, wenn sie sich begegneten. Infolge ihrer Beschwerde hatten sie mittlerweile auch ein Mahnschreiben von ihrem Vermieter erhalten, dass sie die Wohnung verlassen müssten, wenn der frühmorgendliche Lärm andauern sollte. Spätestens jetzt begann Sofia sich zu fragen, ob ihr durch die Heirat mit Talib ein folgenschwerer Fehler unterlaufen war.

Sie erinnerte sich an ein denkwürdiges Gespräch, das sie vor längerer Zeit mit ihm geführt hatte. Sie hatte damals ihm gegenüber beklagt, dass sie ihm alles über ihre eigene Kindheit erzählt hatte, während sie nichts weiter über ihn wusste, und bat ihn daraufhin, etwas über sich und seine Schwestern zu erzählen. Anscheinend hatte sie ihn in der passenden Stimmung gefragt, denn er war freimütig auf ihre Bitte eingegangen.

„Den Großteil meiner Kindheit habe ich in Afghanistan in Kabul mit meinem Vater und meiner Mutter verbracht. Da das Einkommen meines Vaters sehr gering war, lebten wir in schlechten finanziellen Verhältnissen. Das Essen reichte nicht, aber das, was gekocht wurde, teilten wir Geschwister unter uns auf. Oftmals blieben wir nach dem Essen hungrig und konnten deswegen nachts kaum schlafen. Als die russische Armee einmarschierte, wurde mein Vater zum Militär eingezogen. Durch seinen Sold verbesserte sich unsere finanzielle Lage etwas. Er hatte den Wunsch, dass seine Söhne Bildung erlangten, weshalb er meinen Bruder und mich in einer Schule anmeldete. Meine Schwestern aber durften nicht zur Schule gehen. Als meine jüngere Schwester allerdings fünf oder sechs Jahre alt wurde, wollte sie ebenfalls lesen und schreiben lernen. Oft nahm sie meine Schulbücher an sich und blätterte in ihnen herum. Indem sie meinen Bruder immer wieder fragte und um Hilfe bat, hatte sie mit der Zeit auch etwas Lesen gelernt. Wann immer meine Mutter sie mit meinen Schulbüchern sitzen sah, nahm sie sie ihr weg und sagte ihr, dass mein Vater sie umbringen würde, wenn er sie so sehen würde. Oft fragte meine Schwester, warum sie nicht zur Schule gehen durfte, wenn doch ihre Brüder dies taten. Mein Bruder überließ ihr häufig sein Schulbuch und brachte ihr das bei, was er selbst in der Schule gelernt hatte. Ich aber half ihr niemals, denn ich hatte von Anfang an immer nur gehört, dass es Mädchen verboten war, das Haus zu verlassen sowie Lesen und Schreiben zu lernen.

Als ich zehn Jahre alt war, lief meine Schwester eines Tages meinem Bruder und mir nach, als wir uns auf den Weg zur Schule gemacht hatten. Ich weiß nicht, was sie dazu getrieben hatte, aber als ich mich unterwegs umdrehte, sah ich sie hinter uns. Ich fragte sie, warum sie uns folgte, und sie antwortete, dass sie außerhalb der Schule stehen und lauschen wolle, wie unser Lehrer uns unterrichtete. Ich schimpfte mit ihr und forderte sie auf zurückzukehren. Ich versuchte ihr zu verdeutlichen, dass es ihr untersagt war, zur Schule zu gehen. Sie jedoch hörte nicht auf mich und lief uns weiter nach. Ich wurde sehr wütend, hob von der Erde einen Stein auf und warf ihn mit aller Wucht in ihre Richtung. Ich traf sie an der Stirn und das Blut begann aus ihrer Wunde zu quellen. Mein jüngerer Bruder geriet aufgrund meines Verhaltens nun selbst in Wut. Er beleidigte mich mit einem derben Kraftausdruck und schubste mich. Dann lief er zu unserer Schwester, stützte sie und kehrte mit ihr nach Hause zurück. Ich hingegen setzte meinen Weg zur Schule fort und hielt es nicht für nötig, mich nochmals umzudrehen, um zu sehen, wie schwer sie verletzt war. Vielmehr empfand ich Freude darüber, dass ich sie wegen ihres Ungehorsams bestraft hatte. Mein Bruder ging an diesem Tag nicht mehr zur Schule.

Als ich später nach Hause kam, lobte mich mein Vater und sagte, dass er sich nun sicher war, dass ich ein richtiger Mann wäre, der wüsste, wie man seine Ehre zu schützen hätte, und dass er unbesorgt sein könne, wenn er nicht zu Hause wäre. Viele Leute aus unserer Nachbarschaft kamen zu unseren Eltern und beglückwünschten sie zu meiner Tat und darüber, dass ich die Ehre der Familie bewahrt hatte. Niemand empfand Mitgefühl für die Schmerzen meiner Schwester. Sie hatte noch nicht einmal verstanden, aus welchem Grund ihr Bruder sie auf diese Art bestraft hatte. Allerdings weiß ich, dass meiner Mutter mein Verhalten missfallen hatte, denn die drei folgenden Tage sprach sie kein Wort mit mir. Mein Vater hingegen war sehr stolz auf mich. Die Platzwunde durch den Stein hat das Aussehen meiner Schwester für immer verunstaltet."

„Was ist das für ein Islam, der nur Jungen gestattet, Bildung zu erlangen, und sie den Mädchen verwehrt? Dabei ist durch die überlieferten Aussprüche des Heiligen Propheten deutlich erwiesen, dass sowohl die muslimische Frau als auch der muslimische Mann dazu verpflichtet sind, sich Wissen anzueignen. Auch im Koran selbst wird in den Versen, die zum Wissenserwerb ermahnen, nicht zwischen Mann und Frau unterschieden, sodass völlig offensichtlich ist, dass beide Geschlechter das gleiche Recht auf Bildung haben." Sofia, die Talibs Geschichte verängstigt hatte, hatte diese

Worte langsam und mit Bedacht ausgesprochen.

„Ja, ich habe mittlerweile auch angefangen, das zu verstehen."

„Hat es dir denn niemals leidgetan, was du deiner Schwester angetan hast?", fragte sie weiter.

Talib blickte eine Weile nachdenklich auf den Boden und antwortete dann: „Es hat mir leidgetan. Ganz sicher, und zwar zum ersten Mal damals, als ich dich traf. Ich sah dein Selbstbewusstsein und dachte mir, dass meine Schwester vielleicht auch so wie du geworden wäre, wenn ich sie damals nicht davon abgehalten hätte, sich zu bilden. Aber was hätte ich tun sollen? So war nun einmal die Gesellschaft, in der ich aufgewachsen bin, und ich war mir sicher, dass ich mit meiner Handlung Gottes Wohlgefallen erlangt hatte. Ich weiß nicht, ob ich es dir sagen soll oder nicht, aber das ist genau der Grund, weshalb meine Mutter nicht zu unserer Hochzeit gekommen ist, nämlich dass ich meine Schwester für den Versuch, zur Schule zu gehen, bestraft und sie für immer verunstaltet hatte, nun aber selbst im Begriff war, eine gebildete, westliche Frau zu heiraten. Erst da wurde mir bewusst, dass meine Mutter mir mein damaliges Verhalten noch immer nachträgt."

„Was macht deine Schwester heute?"

„Sie ist zu Hause. Aufgrund der Narbe auf ihrer Stirn konnte noch kein Ehepartner für sie gefunden werden."

„Wie heißt sie?"

„Simi Gull."

„Wenn wir unser gemeinsames Leben einigermaßen gefestigt haben, dann lass uns Simi Gull zu uns holen und ihr die Möglichkeit geben, sich zu bilden", schlug Sofia vor.

„Ich möchte nicht, dass sie in diese freizügige Gesellschaft kommt", lehnte Talib kopfschüttelnd ab.

„Aber du bist doch auch hierhergekommen!"

„Das ist etwas anderes, ich bin ein Mann."

„Nun", wechselte Sofia das Thema, „wie kam es eigentlich, dass deine Familie sich in Pakistan niedergelassen hat?"

„Nachdem die Russen ins Land einmarschiert waren, flohen viele Menschen aus Afghanistan nach Pakistan. In dieser Zeit war auch mein Vater im Kampf gefallen, woraufhin unsere finanzielle Situation unerträglich geworden war. Wir hatten nichts mehr zu Essen und zu Trinken. Onkel Habib-Ullah brachte uns alle nach Pakistan und half uns in jeder Hinsicht. Durch ihn haben wir einen neuen Ort zum Leben gefunden. Ich bin ihm, nach all dieser Hilfe, treu ergeben."

„Warst du danach nie wieder in Afghanistan?"

„Ich bin oft nach Afghanistan gefahren, immerhin war dies die Heimat meines Vaters und ist somit auch mein Heimatland."

Das Gespräch damals hatte Sofia verängstigt und sie hatte beschlossen, niemals mit Talib nach Afghanistan zu reisen, denn da er nicht einmal seine eigene Schwester verschont hatte, wollte sie nicht wissen, was er mit ihr selber im Namen der Ehre anstellen könnte.

17

Talibs wahnhafte Religiosität verleidete Sofia allmählich ihre eigene Religion. Obwohl sie von klein auf daran gewöhnt war, regelmäßig das Gebet zu verrichten, empfand sie keine Motivation mehr dafür. Langsam entfernte sie sich immer weiter vom Glauben.

Auch ihre Entscheidung, Talib zu heiraten, bedauerte sie mittlerweile über alle Maßen. Sie wünschte, sie könnte die Zeit zurückdrehen und wieder in Freiheit das Leben genießen, in ihren Ferien nach Pakistan zu ihrer Großmutter fliegen, mit Amir, Sohail und Shehla ausgiebige Touren unternehmen, mit ihrer Tante zusammen kochen und mit den Mädchen, die zum Lernen zu ihrer Großmutter kamen, ausgelassen plaudern. Aber all diese Dinge waren zu einem fernen Traum geworden, denn sämtliche Entscheidungsgewalt lag inzwischen in Talibs Händen. Jeden Tag fand er einen neuen Anlass und ein neues religiöses oder politisches Thema, um sich mit ihr zu streiten. Wann immer er in den Nachrichten hörte, wie es den Taliban gelang, sich trotz der Präsenz der NATO-Streitkräfte sowie der afghanischen Armee im Kundus frei zu bewegen und ihre verborgenen Aktivitäten auszuweiten, Mädchenschulen zu schließen und Steuern von den Bauern einzuziehen, erstrahlte sein Gesicht vor Freude. Umgekehrt beunruhigte ihn die Nachricht, dass deutsche Soldaten der ISAF zusammen mit Soldaten der afghanischen Armee eine große militärische Operation unternehmen wollten, um den Einfluss der Taliban in dieser Region zu unterbinden. Sobald der Tod von deutschen Soldaten durch die Hand der Taliban bekannt gegeben wurde, jubelte er spontan. Sofia betrachtete ihn jedes Mal mit Erstaunen.

Als sich diese Szene wieder einmal abspielte, fragte sie ihn: „Was ist los? Warum freust du dich so sehr über den

Erfolg der Taliban?"

„Ich heiße schließlich Talib, und die Taliban tragen den gleichen Namen wie ich. Warum sollte ich mich nicht über den Erfolg meiner Namensvettern freuen?", versuchte er das Thema mit einem Scherz abzuwenden.

Doch seine Worte erschreckten Sofia. „Aber die Taliban sind Barbaren. Was hast du mit ihnen zu tun?"

„Sind die Deutschen, die in Afghanistan Verwüstung und Zerstörung verbreiten, etwa keine Barbaren? Was haben die dort verloren?", fragte Talib schroff.

„Sie sind dort, um deine Landsleute vor diesen grausamen Schurken zu schützen. Hast du etwa die Berichte über deren Gräueltaten in den Nachrichten nicht gesehen?" Auch Sofias Tonfall wurde schärfer.

Talib gab einen höhnischen Laut von sich. „Wenn die all das Geld, das sie für Waffen ausgeben, für die armen Menschen dort verwenden würden, dann wären diese ihnen wahrhaftig dankbar, und auch mein Land würde einen Nutzen davon haben. Alle westlichen Länder empören sich darüber, dass die Taliban Schulen geschlossen oder sogar in die Luft gejagt haben. Aber sag du mir, wenn die Taliban tatsächlich Schulen verriegelt haben sollten, wie viele Schulen wurden dafür von diesen Ländern, die ihr Mitgefühl gegenüber Pakistan und Afghanistan nur in Worten ausdrücken, dort bisher eröffnet? Töten sie mit ihren Bombenangriffen etwa keine unschuldigen Menschen? All dies ist nur ein Vorwand, um unsere Leute für dumm zu verkaufen und sich in unseren Ländern einzunisten. In Deutschland verbreiten beispielsweise die Neonazis Unruhe, doch bei ihnen kommt niemand auf die Idee, mit Bomben zu werfen. Aber ich kann dir jetzt schon sagen, dass der Traum einer Besetzung Afghanistans niemals in Erfüllung gehen wird. Genauso wie die Russen werden auch die westlichen Länder verjagt werden!"

„Warum hegst du solche Sympathien für die Taliban?"

„Warum hegst *du* solche Sympathien für die Deutschen?"

„Das ist meine Heimat. Warum sollte ich nicht traurig sein, wenn die Soldaten meines Landes im Krieg fallen?"

„Und Afghanistan ist meine Heimat. Warum sollte ich nicht traurig sein, wenn die Menschen meines Landes sterben?"

„Ich habe nichts dagegen einzuwenden, wenn du Afghanistan mit Worten unterstützt", sagte Sofia nun in ruhigerem Ton. „Doch die Taliban sind nichts weiter als aufständische Rebellen. Warum solltest du mit ihnen sympathisieren?"

„Sie sind keine Rebellen, sondern Dschihadisten. Außerdem sind auch viele Deutsche gegen diesen Krieg."

„Nachdem du eine Frau mit deutscher Staatsbürgerschaft geheiratet hast und selbst in Deutschland lebst, ist es vollkommen inakzeptabel, dass du den deutschen Soldaten gegenüber eine solche Einstellung hast."

Talib begann spöttisch zu lachen. „Aber wer erkennt diese Frau mit deutscher Staatsbürgerschaft denn wirklich als Deutsche an? Du bezeichnest dich doch selbst als Pakistanerin!"

Sofia hielt es nicht für angebracht, mit ihm weiterhin über diesen Punkt zu diskutieren, schließlich hatte sie ihm selbst von ihren Problemen erzählt.

Talibs Sympathien mit den Taliban verwunderten sie sehr. Hatten sich etwa seine Ansichten geändert oder hatte er schon immer so gedacht und dies bloß nicht offen vor ihr gezeigt?

18

Nazima Khan hatte bereits vor Marias Geburt deren Heirat mit dem Sohn Rabias, eine ihrer engsten Freundinnen in Pakistan, arrangiert. Auch wenn diese Abmachung zunächst nur als Scherz begonnen hatte, hielten beide Freundinnen mit Entschiedenheit daran fest.

Als Nazima und Yousaf geheiratet hatten, hatte Rabia befürchtet, dass wegen des Umzugs ihrer Freundin nach Deutschland ihr Kontakt nachlassen oder gar enden könnte. Eines Tages, als sie miteinander plauderten, sagte sie, dass sie, falls Nazima eine Tochter bekäme, ihren Sohn Nadeem mit ihr verheiraten würde. Dieser war gerade einmal fünf Jahre alt. Nazima hatte ihr lachend geantwortet, dass sie doch soeben erst geheiratet hätte und sie weitersehen würden, wenn sie einmal tatsächlich eine Tochter auf die Welt bringen würde. So flog sie mit Yousaf zusammen nach Deutschland, und nach einiger Zeit gebar sie tatsächlich ihre erste Tochter. Als Rabia von Marias Geburt erfuhr, war sie überglücklich, denn schließlich gab es nun ein Bindeglied zwischen ihnen, das ihre Freundschaft sichern würde.

Mit der Zeit ging Nazima jedoch zusehends in ihrer neuen Lebenswelt auf und für einen längeren Zeitraum hatten die beiden Freundinnen keinen Kontakt mehr zueinander. Auch wenn Nazima nach Pakistan flog, so trafen sich die beiden nur kurz, denn die meiste Zeit verbrachte sie bei ihrer Schwiegerfamilie.

Eines Tages erhielt Nazima die Nachricht von Rabia, dass sie zusammen mit ihrem Ehemann und den Kindern die Ferien in Deutschland verbringen wollte und sie gerne besuchen würde. Nazima war überglücklich. Vor allem freute es sie, dass sie in Deutschland mehr Zeit für sie haben würde. Schließlich traf Rabia mit ihrem Ehemann Rashid und ihren beiden Kindern Nadeem und Deeba ein. Nadeem stand zu diesem Zeitpunkt kurz vor dem Abschluss seines Ingenieurstudiums.

Als sie die Gelegenheit für günstig hielt, sprach Rabia eines Tages Nazima auf ihr Versprechen hin an, woraufhin sie erwiderte: „Ich möchte auch heute noch von ganzem Herzen Maria mit Nadeem verheiraten, aber du weißt ja selbst, wie sehr sich die Zeiten geändert haben. Es kann durchaus vorkommen, dass Kinder die von ihren Eltern verabredeten Eheverbindungen nicht beherzigen. Ohne Marias Einverständnis kann ich deshalb keine endgültige Entscheidung treffen."

„Sprich mit Maria, ich bin mir sicher, sie wird nicht ablehnen", antwortete Rabia.

Nazima erinnerte sich daran, wie sie sich vor einiger Zeit mit Yousaf unterhalten hatte: „Maria ist jetzt herangewachsen. Sie ist nun sechzehn Jahre alt, und ich denke, dass sie ein Kopftuch tragen sollte, wenn sie das Haus verlässt. Sonst werden unsere Bekannten noch schlecht über sie reden."

„Mir ist es völlig egal, was unsere Bekannten denken. Das ist eine Sache zwischen Mutter und Tochter, ich werde mich da heraushalten."

„Ich befürchte, sie wird es ablehnen."

„Du brauchst keine Strenge walten zu lassen, sprich einfach mit ihr darüber", erwiderte Yousaf und hielt sich damit aus der ganzen Angelegenheit heraus.

Noch am Abend desselben Tages sprach Nazima mit Maria. „Maria, Liebes, ich möchte, dass du von nun an ebenso wie ich ein Kopftuch trägst, wenn du das Haus verlässt."

„Ein Kopftuch? Warum soll ich plötzlich ein Kopftuch tragen?"

„Irgendwann erreicht eine muslimische Frau das Alter, in dem sie stets mit bedecktem Haupt das Haus verlassen sollte. Das ist bei dir jetzt der Fall."

„Aber Mama, meine Klassenkameraden werden mich auslachen, wenn ich auf einmal mit einem Kopftuch auftauche; immerhin kennen sie mich von Anfang an nur ohne. Außerdem trage ich immer lange Kleidung und bei mir ist nie nackte Haut zu sehen. Welchen Unterschied macht es da, wenn ich kein Kopftuch trage?"

„Probiere es wenigstens aus; geh mit dem Kopftuch zur Schule. Und falls es wirklich zu schwierig für dich sein sollte, werde ich dich nicht weiter dazu drängen."

Maria und Nazima hatten ein sehr gutes Verhältnis zueinander. Sie gingen wie Freundinnen miteinander um und jedes Problem wurde offen und ungezwungen besprochen. Doch dieses Thema hatte eine besondere Brisanz. Nazima wünschte sich, dass ihre Tochter sich wenigstens einmal bemühte, doch Maria war dazu nicht bereit. Die Vorstellung, mit einem Kopftuch völlig anders als ihre Freundinnen zu sein und dieses sie wie eine unüberbrückbare Kluft voneinander trennen würde, schreckte sie ab.

Sie reagierte daher entschieden: „Mama, ich mache alles nach deinem Wunsch, ich bin nie bis spät in die Nacht unterwegs und ich fahre auch nur deswegen nicht auf Klassenfahrten mit, weil ich weiß, dass dir das nicht gefällt. Ich verspreche dir, Alkohol, Zigaretten oder andere Drogen nicht einmal in die Hand zu nehmen. Auch von Bars und Nachtclubs halte ich mich fern. Ich folge dir in allen Dingen, aber ich bitte dich, mich in dieser Sache nicht weiter unter Druck zu setzen."

„Aber versuch doch zumindest ein einziges Mal, mit dem Kopftuch in die Schule zu gehen. Wenn es dir dann immer noch nicht zusagen sollte, verspreche ich dir, dich nicht mehr darauf anzusprechen", versuchte Nazima ein letztes Mal, Maria umzustimmen.

„Mama, du trägst das Kopftuch aufgrund deines eigenen Wunsches, und ich habe dir noch nie gesagt, dass mir das nicht gefällt und du es ablegen solltest. Ich aber kann nun einmal kein Kopftuch tragen, also bitte bedränge mich nicht", antwortete sie bestimmt.

Seit diesem Gespräch hatte Nazima ihre Tochter nie wieder gebeten, ein Kopftuch zu tragen. Das Thema war von ihnen beiden nicht mehr angesprochen worden. Aber die Erinnerung blieb und sie wollte keinesfalls ein zweites Mal von Maria abgewiesen werden. Daher beschloss sie, vorsichtig zu sein und keinerlei Zusagen zu machen, die später ihre Freundschaft zu Rabia belasten konnten.

„Weiß Nadeem über all das Bescheid?", fragte sie ihre Freundin.

„Absolut, er weiß alles", erwiderte diese. „Einer der Gründe, weshalb wir nach Deutschland gekommen sind, war der, dass wir ihm die Möglichkeit geben wollten, Maria kennenzulernen."

„Und was sagt er jetzt, nachdem er Maria getroffen hat?"

„Er hat keinerlei Einwände. Sprich du mit Maria. Wenn sie einverstanden ist, können wir bald die Verlobung feiern."

Nazima hatte großes Vertrauen in Maria, doch bei Themen, die womöglich Streitigkeiten zwischen ihnen verursachen konnten, sprach sie nur noch mit großer Vorsicht. Zu gut war ihr in Erinnerung geblieben, wie aufgebracht Maria gewesen war, als Bekannte von ihnen die Ehe ihrer Tochter mit dem Sohn eines Verwandten in Pakistan arrangiert und dann, als sie ablehnte, enormen Druck auf sie ausgeübt hatten, damit sie der Wahl ihrer Eltern doch noch zustimmte. Mit großer Empörung hatte Maria gesagt, dass Heiraten keine Spielerei wäre und man nicht leichtfertig ohne die Zustimmung des Mädchens ihre Ehe arrangieren dürfe. Nazima befürchtete daher, dass Maria niemals in eine Ehe einwilligen würde, die bereits vor ihrer Geburt vereinbart worden war. Andererseits hielt sie das Versprechen gegenüber ihrer Freundin in Ehren, und in naher Zukunft musste Marias Heirat jetzt, wo sie erwachsen war, ohnehin einmal thematisiert werden. Somit beschloss sie, noch am selben Abend mit der Tochter unter vier Augen darüber zu sprechen. Schließlich war das Schlimmste, was passieren konnte, dass sie diese Heiratsverbindung ablehnte, falls ihr Nadeem nicht gefiel.

An diesem Abend saßen alle ausgelassen beisammen. Nazima wartete darauf, dass sich jeder in sein Zimmer verabschiedete, sodass sie mit Maria allein und in Ruhe sprechen konnte. Doch niemand schien die Absicht zu haben, bald gehen zu wollen. Sobald ein Gesprächsthema beendet war, wurde sogleich ein neues begonnen. Mal redeten sie über Filme, dann über Politik, bis sie schließlich irgendwann auf die Ehe zu sprechen kamen. Mit diesem Thema nahm die Diskussion an Fahrt auf.

Nadeem sagte: „Durch Eltern arrangierte Ehen sind definitiv erfolgreicher."

„Das muss nicht sein. In unserem Umfeld wurden viele Ehen junger Mädchen von ihren Eltern arrangiert, die jedoch innerhalb kürzester Zeit aufgelöst wurden", versuchte Maria seinen Standpunkt zu entkräften.

„Auch Ehen, die aus Leidenschaft beziehungsweise aus Liebe geschlossen werden, verlaufen nicht immer erfolgreich. Schau dir die Scheidungsraten in den westlichen Ländern an."

„Meiner Meinung nach hat das nichts damit zu tun,

ob eine Ehe arrangiert oder aus Liebe geschlossen wurde. Ich denke eher, dass die größte Ursache dafür, dass Ehen in die Brüche gehen, darin liegt, dass die jungen Menschen heutzutage nicht mehr bereit sind, anderen zuzuhören und deren Meinungen zu beherzigen. Beide Ehepartner denken, dass allein das richtig ist, was sie jeweils entschieden haben, und dass der andere im Unrecht ist. Wie können Ehen erfolgreich sein, wenn man kein Verständnis füreinander aufbringen und keine Kompromisse schließen kann?"

Nazima mischte sich in die Diskussion ein, um sie zu einem Abschluss zu bringen: „Ich denke, wir sollten alle schlafen gehen, immerhin haben wir morgen die Fahrt in den Schwarzwald vor uns."

Nach und nach standen alle auf und begaben sich in ihre jeweiligen Schlafzimmer.

Nazima entschied, nicht mehr länger zu warten und umgehend mit Maria zu sprechen. Sie ging auf ihr Zimmer zu und klopfte an ihre Tür.

„Gibt es noch etwas Wichtiges?", fragte Maria.

Nazima nickte nur, als sie das Zimmer betrat.

„Na dann – ich bin ganz Ohr", sagte Maria, während sie liebevoll ihren Arm um ihre Mutter legte.

Doch Nazima fürchtete sich vor Marias Reaktion, und anstatt etwas zu sagen, geriet sie ins Grübeln.

„Mama, sag doch, was du besprechen wolltest."

„Weißt du eigentlich, welchen Grund Rabias Besuch in Deutschland hat?", versuchte Nazima das Gespräch zu eröffnen.

„Wie soll ich das wissen? Ich weiß nur, dass sie eine alte Freundin von dir ist und dich besuchen wollte."

„Das ist schon richtig, aber der Hauptgrund ihrer Reise ist der, dass Nadeem und du einander kennenlernt sollt."

„Warum das denn?", fragte Maria in dem Versuch,

völlig ahnungslos zu wirken, obwohl sie sofort wusste, worauf ihre Mutter hinaus wollte.

Nazima begann, Maria von ihrer Verlobung zu erzählen, die bereits vor ihrer Geburt beschlossen worden war. Anschließend sagte sie: „Wir wollen dich nicht zwingen, der Heirat mit Nadeem zuzustimmen. Du hast ihn gesehen und ihn kennengelernt. Alles wird nun so verlaufen, wie du es wünschst. Wenn du einwilligst, werden wir eine kleine Verlobungsfeier veranstalten und die Verbindung bekannt geben, aber wenn du Nadeem nicht heiraten möchtest, werden wir diese Sache sofort beenden."

„Mama, eigentlich lehne ich ja solche arrangierte Ehen ab, aber andererseits freut es mich, dass du mich nach meiner Ansicht fragst und mir somit zugestehst, über mein Leben frei zu entscheiden. Im Moment kann ich nichts Negatives an Nadeem feststellen, er ist gut aussehend, klug und gebildet. Dennoch bitte ich dich, mich nicht zu einer schnellen Heirat zu drängen. Gib mir mehr Zeit, ihn besser kennenzulernen. Ich möchte nicht wie Sofia übereilt heiraten. Ich lehne diese Verbindung zwar nicht ab, brauche aber auf jeden Fall noch Zeit."

„Ach, vergleich doch nicht Sofias Eheschluss mit dieser Heiratsoption. Sofia hatte sich bereits nach wenigen Treffen dazu entschieden, einen völlig fremden Menschen zu heiraten, über dessen Familie niemand irgendetwas wusste. Rabia hingegen ist meine Kindheitsfreundin."

„Ich weiß das, aber dennoch brauche ich noch Zeit."

Nazima besprach den Wunsch ihrer Tochter mit Rabia, die ihrerseits ebenfalls bereit war, Nadeem und Maria die Möglichkeit zu geben, einander besser kennenzulernen. Unter der Bedingung, noch abzuwarten, wurde also Marias und Nadeems Heirat beschlossen. Rabia war davon überzeugt, dass ihr Sohn eine derart gute Partie war, dass Maria gar nicht umhin konnte, sich endgültig für ihn zu entscheiden. In der Hoffnung, Maria bald als Schwiegertochter in ihrer Familie willkommen heißen zu können, flog Rabia schließlich mit ihrem Ehemann und ihren Kindern nach dem zweiwöchigen Aufenthalt wieder zurück nach Pakistan.

Als Maria Sofia all dies erzählte, sagte diese seufzend: „Es ist sehr vernünftig von dir, nicht übereilt in eine Ehe zu rennen. Ich habe mich sehr bemüht, mein sinkendes Schiff an ein rettendes Ufer zu bringen, aber je weiter die Zeit fortschreitet, desto mehr gerate ich in einen gefährlichen Strudel."

19

Sofia war seit ihrer Heirat nicht mehr in Pakistan gewesen. Sie hatte zwar einmal geplant, dorthin zu fliegen, aber in diesen Tagen gab es dort, insbesondere in Peschawar, viele Bombenanschläge. Die Taliban hatten merklich an Einfluss gewonnen. So riet ihre Großmutter davon ab, die Sicherheit, die sie in Deutschland genoss, gegen solch unsichere und gefährliche Verhältnisse einzutauschen, und empfahl ihr letztlich, die Reise aufzuschieben, bis der Einfluss der Taliban in dieser Region gebrochen war. Sofia hatte daraufhin ihre Reisepläne verschoben.

Doch seit einiger Zeit hatte sich der Gesundheitszustand ihrer Großmutter deutlich verschlechtert. Sie sah ihre letzten Tage auf der Erde gekommen; oft begegnete ihr Sofias Großvater im Traum und rief sie zu sich. Wann immer Sofia ihre Großmutter anrief, beklagte sie sich, dass sie, Sofia, sie vergessen habe, und äußerte den Wunsch, ein letztes Mal in Pakistan besucht zu werden. Auch ihr Vater Hameed, der in diesen Tagen, trotz der gefährlichen Situation nach Pakistan geflogen war, hatte nach seiner Rückkehr nach Deutschland Sofia gegenüber bestätigt, dass die Großmutter in der Tat sehr krank war und sich danach sehnte, sie noch einmal zu sehen. Sofia versprach ihr daher, sie in den kommenden Weihnachtsferien zu besuchen, obwohl sie Deutschland nicht verlassen und Talib alleine lassen wollte. Trotz allem buchte sie ihren Flug, musste diesen jedoch aufgrund der problematischen Situation daheim erneut um einige Tage verschieben. Als dann Talib genau am Heiligenabend starb, war an eine Reise nach Pakistan vorerst nicht mehr zu denken. Sofia betete für ein langes Leben ihrer Großmutter und nahm sich fest vor, sie sofort zu besuchen, sobald sich die Lage wieder beruhigt hatte. Mit Verwunderung dachte sie daran, wie viel sich innerhalb von drei Jahren geändert hatte. Früher konnte sie wie ein freier Schmetterling vollkommen unbefangen, wann immer sie den Wunsch dazu verspürte, nach Pakistan fliegen. Mit der Zeit glich sie jedoch zusehends einem in einen Käfig gesperrten Vogel, dem nichts mehr weiter blieb, als verzweifelt mit den Flügeln zu schlagen. Sofias Großmutter hatte ihre Zeit voller Erwartung damit verbracht, die Tage bis zu den Weihnachtsferien zu zählen, bis sie dann erfuhr, dass Talib gestorben war und Sofia vorerst nicht nach Pakistan kommen konnte. Durch diese Nachricht verschlimmerte sich ihr Gesundheitszustand noch mehr. Hameed hatte ihr gegenüber durchblicken lassen, dass Talib kein guter Mensch wäre und Sofia mit ihm sehr unglücklich sei. Seither machte sie sich ständig Vorwürfe, ihrer Verantwortung in Bezug auf Sofias Heirat nicht gerecht geworden zu sein. Sie gestand sich ein, sich damals deswegen nicht gegen Sofias Heirat ausgesprochen zu haben, weil sie insgeheim hoffte, Sofia würde durch Talib fest mit Pakistan und der islamischen Religion verbunden bleiben. Sie bedauerte nun, es überhaupt zugelassen zu haben, dass Sofia sich zusammen mit fremden Menschen auf die Umra begeben hatte, und überlegte, dass entsprechend des Gebots des Islam sowohl die kleine als auch die große Pilgerfahrt nur mit nahen männlichen Verwandten zusammen vollzogen werden sollte. Eine Umra in einer Gruppe war im Grunde nichts weiter als ein Vorwand, Geld zu verdienen. Das widersprach offenkundig dem, was Gott und sein Prophet geboten hatten. Häufig wird man erst dann von Unglück befallen, wenn man Gottes Gebote und die Lehren seines Propheten missachtet, ging es ihr durch den Kopf. Man macht sich nur vor, etwas Gutes zu tun, jedoch ist man nicht imstande, die diesen Geboten innewohnenden Weisheiten tatsächlich zu verstehen.

Aber ich wollte ja auch, dass Sofia in meinem Namen die Umra vollzog und ich den Segen dafür erhielt, dachte sie weiter. Dabei liegt dies alles allein in Gottes Hand. Er segnet, wen er will, und er sendet seinen Zorn, auf wen er will. Jeder Mensch erntet die Früchte seines eigenen Tuns. Hätte Sofia diese Reise nicht angetreten und hätte sie Talib nicht kennengelernt, wäre ihr Leben nicht zur Hölle geworden. Wenn Gott gewollt hätte, dass ich die Umra unternahm und den Segen dafür erhielt, dann hätte er mir das nötige Reisegeld gegeben, als ich noch jung und gesund war. Und da dies nicht passiert ist, muss darin eine Weisheit Gottes verborgen sein. Immer wenn der Mensch versucht, sich in Gottes Tun einzumischen, widerfährt ihm Schlechtes. Sofia hatte mich um Rat gefragt, als sie sich entschloss, Talib zu heiraten. Hätte ich es gewollt, hätte ich ihre Heirat verhindern oder zumindest aufschieben können. Mein liebes Kind hat sein Herz vor mir ausgeschüttet, ich aber bin darin gescheitert, ihm einen guten Rat zu geben.

Solcherlei Gedanken quälten die Großmutter, und sie betete inbrünstig für Sofia.

20

Durch Sofias Schweigen gegenüber der Polizei wurde die Angelegenheit immer komplizierter. Sie befand sich in Untersuchungshaft und es stand fest, dass ihr Fall vor Gericht verhandelt werden würde. In der Zwischenzeit hatte Hameed einen Strafverteidiger für sie beauftragt.

Sofias Gerichtsverfahren war für neun Uhr angesetzt. Ihr Anwalt, der Staatsanwalt und ihr Vater fanden sich pünktlich zur festgesetzten Zeit vor dem Gerichtssaal ein. Gleich nachdem die beiden Anwälte den Saal betreten hatten, legten sie sich ihre schwarzen Roben an. Es blieben nur wenige Minuten bis zum Beginn der Anhörung. Staatsanwalt und Verteidiger waren miteinander ins Gespräch vertieft, als ob sie enge Freunde wären. Nichts deutete darauf hin, dass in Kürze einer von ihnen mit all seiner Anstrengung versuchen würde, Sofias Unschuld zu beweisen, während der andere sein Äußerstes für das genaue Gegenteil tun würde.

Sofia wurde in Polizeigewahrsam in einem Gefangenenwagen zum Gericht gefahren. Als sie aus dem Wagen stieg, stellten sich Polizeibeamte zu beiden Seiten neben sie und führten sie in den Gerichtssaal. Sie hielten sie dabei fest im Griff, als wenn die Gefahr bestünde, dass sie bereits bei der kleinsten Lockerung ausbrechen würde. Ihre geröteten Augen verrieten, dass sie die vergangene Nacht schlaflos verbracht hatte. Aber sie war zu einer Entscheidung gelangt. Sie hatte beschlossen, alles vor Gericht zu erzählen. Sie wollte die gesamte Wahrheit offenlegen und keinerlei falsche Angaben machen.

Als die Zeiger der Uhr im Gerichtssaal neun Uhr verkündeten, öffnete sich die Tür zum Innenraum. Während die Richter und die Schöffen in ihren schwarzen Roben eintraten, herrschte vollkommene Stille im Saal. Alle Anwesenden erhoben sich von ihren Plätzen und setzten sich wieder, nachdem die Richter und die Schöffen Platz genommen hatten. Der vorsitzende Richter verlas die Namen aller in diesem Fall betroffenen Personen und ließ sich ihre Anwesenheit bestätigen. Danach wurde der Staatsanwalt aufgefordert, die Anklage vorzutragen.

„Der Angeklagten, Frau Sofia Talib, wird vorgeworfen, nach ihrer Heirat mit dem Terroristen Mohammad Talib diesem bei seiner Einreise nach Deutschland und dem Aufbau einer Existenz hier geholfen zu haben. Herr Talib gehörte der Terrororganisation Taliban an. In den letzten zwei Jahren war er in verschiedene illegale Handlungen verwickelt, allen voran hat er Waffen und Bomben für Selbstmordattentate aus Pakistan nach Deutschland geschmuggelt und terroristische Anschläge geplant. Frau Sofia Talib wird vorgeworfen, bis zum Tod ihres Ehemannes an seinen verschiedenen Aktivitäten beteiligt gewesen zu sein und ihn dabei unterstützt zu haben, der Bundesrepublik Deutschland Schaden zuzufügen.

Die Staatsanwaltschaft fordert für Frau Sofia Talib die Höchststrafe für Terrorismus, damit dieser Fall auch anderen zur Abschreckung dienen kann."

Der Richter wandte sich nun Sofia zu. „Frau Sofia Talib, Sie haben vernommen, welche Anklagepunkte im Einzelnen gegen Sie erhoben werden. Sie sind verpflichtet, dem Gericht gegenüber wahrheitsgetreue Angaben zu machen. Sie können dem Gericht alles mitteilen, was Sie zum Zwecke Ihrer Verteidigung sagen möchten. Wenn Sie Informationen zurückhalten oder bewusst falsch aussagen, können sie bei einem späteren Bekanntwerden strafrechtlich belangt werden."

„Ich werde nur die Wahrheit sagen", antwortete Sofia selbstbewusst, ohne jegliche Unsicherheit in ihrer Stimme.

„Wie lautet Ihr vollständiger Name?", fragte der Richter.

„Sofia Talib."

„Wann sind Sie geboren?"

„Am 17. März 1985."

„Welcher Beschäftigung gehen Sie nach?"

„Ich arbeite in einem Reisebüro."

„Entsprechend Ihres Personalausweises sind Sie in Deutschland geboren. Ihre Mutter ist gebürtige Deutsche und Ihr Vater stammt aus Pakistan. Sind diese Angaben richtig?"

„Ja."

„Betrachten Sie sich selbst als Pakistanerin oder als Deutsche?"

„Das ist genau die Frage, mit der ich bereits seit meiner Kindheit konfrontiert werde und die ich absolut verabscheue. Genau diese Frage hat mich heute auf die Anklagebank geführt; die Frage, wer ich eigentlich bin. Herr Vorsitzender, ich bin in Deutschland geboren, meine Mutter ist Deutsche und ich habe einen deutschen Personalausweis, der Ihnen vorliegt. Auch meine anderen Dokumente weisen mich als deutsche Staatsbürgerin aus. Wenn Sie es aber dennoch für nötig halten, diese Frage zu stellen, so kann ich Ihnen sagen, dass ich tatsächlich eine Deutsche bin. Ein Teil von mir ist allerdings auch pakistanisch, da mein Vater Pakistaner ist. Deutschland und Pakistan sind beide meine Heimatländer und ich bin beiden von ganzem Herzen verbunden. Ich würde für beide Länder mein Leben opfern", erwiderte Sofia mit großem Selbstbewusstsein.

„Wann haben Sie Mohammad Talib geheiratet?", fragte der Richter weiter, ohne in irgendeiner Weise auf ihre leidenschaftlichen Äußerungen einzugehen.

„Vor ungefähr vier Jahren."

„Welcher Erwerbstätigkeit ging Ihr Mann nach?"

„Vor unserer Heirat arbeitete er in Pakistan in einem Reisebüro. Hauptsächlich bestand seine Arbeit darin, Reisegruppen für die Pilgerfahrt zusammenzustellen und diese nach Mekka und Medina zu führen. Nach seiner Ankunft in Deutschland arbeitete er zunächst ebenso wie ich für einige Zeit in einem Reisebüro, jedoch machte er sich dann selbstständig und begann einen Textilhandel. Er bestellte Ware aus Pakistan, die er hier weiterverkaufte."

„Ist Ihnen bekannt, dass Ihr Ehemann bei einem Selbstmordanschlag ums Leben gekommen ist?"

Sofia holte tief Luft. „Das wurde mir von der Polizei so mitgeteilt. Ja."

„Ihnen wird vorgeworfen, dass Sie zusammen mit Ihrem Ehemann hinter der Fassade eines Textilhandels Waffen in Deutschland eingeschmuggelt und Terrorangriffe geplant haben. Sie sollen an diesen kriminellen und terroristischen Handlungen genauso beteiligt gewesen sein wie Ihr Ehemann."

„Ich habe keinerlei Anteil an dem, was Talib getan hat, und ich weiß auch nichts darüber. Ich habe nur seine Liebe erwidert, jedoch wusste er dies nicht zu schätzen. Zu Beginn unserer Ehe war er ein guter Ehemann. Er kümmerte sich in jeder Hinsicht um mich. Erst im vergangenen Jahr hat sich sein Verhalten deutlich verändert. Mit seinem selbsterfundenen Islam ließ er mein Leben zur Hölle werden. Ich konnte kaum noch frei atmen. Er hat mich dermaßen in den Wahnsinn getrieben, dass ich inzwischen begonnen hatte, ihn zu hassen. Unendlich zu hassen."

„Sie haben ausgesagt, dass die ersten zwei Jahre Ihrer Ehe mit Mohammad Talib glücklich gewesen waren. Gab es einen bestimmten Anlass, durch den sich sein Verhalten Ihnen gegenüber verändert hat? Wann haben Sie diese Wandlung in ihm bemerkt?"

„Das war damals, als ein Onkel von ihm mit dem Namen Habib-Ullah mit einem Geschäftsvisum für einige Zeit nach Deutschland gekommen war. Seine Angewohnheiten sowie sein Tagesablauf änderten sich schlagartig. Er verbrachte kaum noch Zeit zu Hause und kam immer sehr spät in der Nacht wieder zurück. Das war auch die gleiche Zeit, in der seine Aufenthaltserlaubnis für weitere fünf Jahre verlängert worden war. Er wusste genau, dass er nicht mehr aus Deutschland ausgewiesen werden konnte, da er nun ein eigenständiges Aufenthaltsrecht erworben hatte."

„Wann hat er seine Ansichten erstmalig zum Ausdruck gebracht?"

„Als im September 2009 afghanische Zivilisten durch einen Angriff deutscher Soldaten umkamen, wurde er sehr zornig. Ständig ließ er abfällige Kommentare über die deutschen Soldaten fallen. Einige Tage nach diesem Angriff erfuhr er, dass unter den Toten auch sein Cousin war, der zudem ein enger Kindheitsfreund gewesen war. Sein Zorn wurde an diesem Tag grenzenlos. Als er nach Hause kam, setzte er sich auf die Couch, legte seine Füße auf den Wohnzimmertisch und rief laut nach mir: ‚Sofia, komm mal her.'

Ich saß zu diesem Zeitpunkt bereits in seiner Nähe und arbeitete an meinem Computer, daher drehte ich mich lediglich zu ihm hin, schaute ihn an und fragte, was los sei.

‚Zieh meine Schuhe aus!', befahl er mir daraufhin.

‚Warum soll ich dir deine Schuhe ausziehen? Und wieso hast du deine Füße mit den schmutzigen Schuhen überhaupt auf den Tisch gelegt?', fragte ich verärgert.

‚Weil deine deutsche Regierung meine Landsleute tötet! Für dich macht das natürlich keinen Unterschied, schließlich bist du genauso wie deine Mutter eine Deutsche. Aber mir macht das sehr viel aus. Mein lieber Cousin Abdullah ist umgekommen! Das werde ich dir und deiner deutschen Regierung heimzahlen! Jetzt hör mir genau zu. Du bist meine Frau und es ist deine Pflicht, dich um mich zu kümmern. Ab sofort wirst du mich mit Respekt anreden und nicht mehr duzen. Lern endlich, wie man seinen Ehemann zu ehren hat!'

In seinem Zorn hatte er verschiedene Dinge miteinander vermischt. Ich verstand, dass der Tod seines Cousins ihn schwer getroffen hatte, denn oftmals, wenn er über seine Kindheit sprach, erwähnte er seinen Namen in einer besonders warmherzigen Weise. Deshalb beschloss ich, über sein schroffes Benehmen hinwegzusehen, und sagte in ruhigem Ton: ‚Wenn dein Cousin durch einen Fehler der deutschen Soldaten das Leben verloren hat, dann tut mir dies sehr leid. Es schmerzt mich genauso wie dich, aber vergifte nicht das Klima zu Hause.'

Doch mein Versuch, ihn zur Einsicht zu bringen ließ ihn noch wütender werden. Er sagte: ‚Du diskutierst ja schon wieder mit mir! Habe ich dir nicht gesagt, dass du endlich lernen sollst, deinen Ehemann zu respektieren?'

Als ich sah, dass meine Gelassenheit ihn dazu verleitete, sich noch dominanter mir gegenüber zu verhalten, wurde ich ebenfalls zornig: ‚Wenn du respektiert werden willst, solltest du selber lernen, andere Leute zu respektieren! Seitdem deine Aufenthaltsgenehmigung verlängert wurde, hat sich dein Verhalten völlig verändert. Hast du mich etwa nur wegen des Visums geheiratet?'

Daraufhin erwiderte er: ‚Ja, nur wegen des Visums! So ein Mädchen wie dich habe ich doch gar nicht nötig! Von nun an wirst du in dieser Wohnung so leben, wie es sich für eine muslimische Frau gehört. Ab sofort dürfen deine Bekannten und Freunde nicht mehr hierher kommen. Es dürfen nur noch diejenigen die Wohnung betreten, denen ich es erlaube. Auch dein Vater darf ohne meine Erlaubnis nicht mehr kommen.'

Von diesem Tag an war jegliche Freude aus unserem Leben gewichen. Talib empfand alles an mir als unislamisch, meine Art mich zu bewegen, meine Kleidung; alles kritisierte er. All die Eigenschaften, die ihm einst so sehr gefallen hatten, kamen ihm nun völlig unislamisch vor. Wenn wir gemeinsam irgendwo hingingen, war es ihm wichtig, dass ich nicht neben ihm, sondern einige Schritte hinter ihm ging, obwohl er in den ersten zwei Jahren unserer Ehe sehr gerne mit mir Hand in Hand gegangen war. Von Tag zu Tag wurde er abscheulicher. Er hatte angefangen, seine Zeit vornehmlich in Flüchtlingslagern mit Pakistanern und Afghanen zu verbringen. Meist aß er auch außerhalb. Da meine Mutter eine Christin ist, begann er außerdem meine Religionszugehörigkeit zum Islam infrage zu stellen." Sofia seufzte.

„Sie wollen also damit zum Ausdruck bringen, dass Sie aufgrund dieser Veränderungen in seinem Verhalten von ihm genötigt wurden, ihn zu unterstützen?", fragte sie der Staatsanwalt in sarkastischem Ton.

„Habe ich jemals gesagt, dass ich ihn in irgendeiner seiner Angelegenheiten unterstützt hätte?", fragte Sofia ihrerseits den Staatsanwalt.

„Herr Vorsitzender, es sieht so aus, dass der Herr Staatsanwalt so sehr bemüht ist, die angebliche Schuld meiner Klientin zu erhärten, dass er gar nicht erst versucht, die eigentliche Wahrheit in Erfahrung zu bringen. Ich bitte das Gericht, sich zunächst gründlich mit den Lebensumständen meiner Mandantin zu befassen, bevor endgültig ein Urteil über sie gefällt wird", wandte sich Sofias Anwalt an den Richter.

„Frau Talib, haben Sie alles befolgt, was Herr Mohammad Talib von Ihnen verlangte?", wiederholte der Richter in etwas veränderter Form die Frage des Staatsanwaltes.

„Wie hätte ich ihm in allen Dingen folgen können? Er wollte, dass ich meine Arbeit aufgab und mich nur noch zu Hause aufhielt, um ihn zu bedienen, so wie es vermeintlich von einer muslimischen Frau verlangt wird. Ich hätte all dies tun können und wäre auch dazu bereit gewesen, aber dafür hätte er selbst mit Ernsthaftigkeit einer Beschäftigung nachgehen müssen, um unseren Lebensunterhalt zu verdienen. Doch seitdem er seine Arbeit gekündigt und sich mit einem Textilhandel selbstständig gemacht hatte, sah ich keinen einzigen Cent mehr von seinem Einkommen. Er hatte sogar ohne mich zu fragen einen Teil meiner Ersparnisse von der Bank abgehoben und entweder ausgegeben oder an seinen Onkel Habib-Ullah weitergereicht. Deshalb gab ich ihm deutlich zu verstehen, dass ich meine Arbeit keineswegs aufgeben würde.

Daraufhin sagte er zu mir: ‚Wenn du deine Arbeit nicht kündigst, werde ich als Strafe unsere Betten trennen, denn einer muslimischen Frau ist es verboten, das Haus zu verlassen.'

Ich antwortete ihm darauf: ‚Ein solches Verbot existiert nicht, ich habe noch nie irgendetwas in dieser Art gelesen. In der Zeit des Heiligen Propheten Mohammed beteiligten sich die Frauen sogar an Kriegen. Und wenn wir schon beim Thema sind: Nach den islamischen Lehren ist es die Verpflichtung des Mannes, das Geld für den Lebensunterhalt zu verdienen. Wie sollen wir unser Leben also bestreiten, wenn du dem nicht nachkommst und ich ebenfalls aufhöre zu arbeiten und nur noch zu Hause bleibe?'

Daraufhin konnte er nur schweigen und ich arbeitete weiterhin im Reisebüro. Wie hätte ich sonst unsere Ausgaben decken können?" Während Sofia all dies erzählte, wurden ihre Augen feucht von Tränen.

„Herr Vorsitzender, darf ich einige Fragen an meine Mandantin stellen?", fragte ihr Verteidiger.

„Bitte schön."

„Frau Sofia Talib, Ihr Vater ist Muslim und Ihre Mutter Christin. Warum haben Sie für sich den Islam als Glauben gewählt?"

„Es war die Atmosphäre bei uns zu Hause. Mein Vater ist ein warmherziger und liebevoller Mensch, während meine Mutter nicht nur kalt ist, sondern sich darüber hinaus nur mit sich selbst beschäftigt und in ihre ganz eigenen Schwierigkeiten verwickelt ist. Sie zeigte nie Interesse an mir oder an meiner Zukunft, und wie Sie selbst sehen können, ist sie auch heute, in dieser schwierigen Stunde meines Lebens, nicht bei mir. Nur mein Vater ist gekommen. Meine Mutter verbrachte in der Regel ihre Zeit damit, alleine auf Partys zu gehen, während mein Vater und ich zu Hause blieben und auf sie warteten. Nicht selten kam sie in betrunkenem Zustand zurück und wachte am nächsten Morgen übelgelaunt auf. Ansonsten saß sie meist alleine und untätig zu Hause herum. Sie hat mir niemals ihre Aufmerksamkeit geschenkt, oder besser gesagt, sie konnte sich aufgrund ihres seelischen Befindens nie auf mich einlassen.

Sie hat mich nie nach meiner Schule oder nach meinen Hausaufgaben gefragt. Mein Vater hingegen achtete in jeder Hinsicht auf mich. Als ich noch klein war und in den Kindergarten sowie später in die Grundschule ging, war er stets derjenige, der mich anzog und das Frühstück für mich zubereitete. Erst nachdem er mich dorthin gebracht hatte, ging er selbst zur Arbeit. Ich habe die überwiegende Zeit meiner Kindheit mit ihm verbracht. Er erzählte mir nur Positives über den Islam und lebte zu Hause wie ein vorbildlicher Muslim. Trotz des oft sehr unfairen Verhaltens meiner Mutter habe ich nie erlebt, dass er jemals heftig mit ihr sprach. Wenn meine Mutter in Rage war, hielt sie ihm vor, Pakistaner zu sein, und erniedrigte ihn, doch mein Vater schwieg stets und erduldete all ihre Gemeinheiten mit Gleichmut. Manchmal wurde ich zornig weil er es nicht schaffte, ihr entsprechend zu antworten, doch er belehrte mich immer, niemals mit erhobener Stimme mit meiner Mutter zu sprechen und sie zu ehren, da ihr Glück der Schlüssel zum Paradies wäre. Meine Mutter hat mich nichts über das Christentum gelehrt, sie ging auch nie mit mir in die Kirche, denn sie interessiert sich nicht für ihre Religion. Sagen Sie selbst, welchen Weg hätten Sie gewählt, wenn sie in einer solchen Atmosphäre aufgewachsen wären?"

„Sie sind also nicht erst durch Mohammad Talib zum Islam konvertiert, sondern waren von klein auf bereits Muslimin?", stellte der Verteidiger seine nächste Frage.

„Ja, und die Wahrheit ist, dass der Islam, den Talib präsentierte, den Lehren, die mein Vater mir vermittelte, völlig widersprach. Ich hatte sogar begonnen, mir Gedanken darüber zu machen, keine Muslim sein zu können, wenn der Islam tatsächlich so war, wie Talib ihn mir darstellte."

„Zu den Anklagepunkten, die seitens der Staatsanwaltschaft gegen Sie erhoben worden sind, gehört auch, dass sie an Mohammad Talibs Waffenhandel beteiligt waren. War Ihnen bekannt, dass er einen solchen Handel trieb?"

„Gott ist mein Zeuge, dass ich darüber nichts gewusst habe. Allerdings war ich irgendwann misstrauisch geworden. Immer wenn Talib etwas vor mir geheim halten wollte, führte er seine Telefongespräche auf Paschto, jedoch wusste er nicht, dass ich durchaus etwas Paschto verstehen konnte, da mein Vater ebenfalls aus Peschawar stammt und mit mir gelegentlich die Sprache zu sprechen pflegte, als ich noch ein kleines Kind war. Zudem unterhielten sich mein Vater und sein Freund, der genauso wie er aus Peschawar kommt, auch auf Paschto, wenn er uns besuchte. Daher sind meine Ohren bereits von früh an ein wenig an diese Sprache gewöhnt. Als Talib nun ständig seine Telefonate auf Paschto führte, beschloss ich, mir diese Sprache ohne sein Wissen besser anzueignen, und begann, Privatunterricht zu nehmen. Zudem telefonierte ich täglich mit meinem Vater, der mir zusätzlich half. Vor einiger Zeit, als ich Talib während eines seiner Gespräche belauschte, erfuhr ich Furchtbares, nämlich dass er den pakistanischen Taliban angehörte und dass Habib-Ullah nicht sein Onkel, sondern der Anführer einer Untergruppe der Taliban war. Sie führen ein Umra-Geschäft als Fassade, doch tatsächlich sind sie eine große Einheit der Taliban, in deren Fänge auch ich unglücklicherweise geraten war."

„Wieso haben Sie nicht unverzüglich die Polizei informiert?", fragte der Staatsanwalt.

„Als ich einmal während eines Gesprächs Talib gegenüber äußerte, dass ich es nicht zulassen würde, dass durch ihn mein Land irgendwie zu Schaden kommen würde, packte er mich an den Haaren und drohte mir, dass meine Großmutter und meine anderen Verwandten in Pakistan sterben würden und dass er meinen Cousin Sohail entführen lassen würde, wenn ich etwas gegen ihn unternähme. Daher wollte ich abwarten, bis ich einen handfesten Beweis gegen ihn finden würde, mit dessen Hilfe ich erreichen konnte, dass niemand zu Schaden kommt, weder die eine Heimat Deutschland, noch meine in der anderen Heimat lebenden Verwandten."

„Was haben Sie unternommen, um an Beweise zu gelangen?"

„Inzwischen konnte ich mich nicht mehr auf meine Arbeit konzentrieren. Mein siebter Sinn sagte mir, dass bald etwas passieren würde. Ich hatte als allererstes die Telefonanschlüsse der beiden Zimmer unserer Wohnung zusammenlegen lassen, damit ich seine Telefonate mit anhören konnte. In diesen Tagen war sein Verhalten besonders merkwürdig geworden. Obwohl wir in getrennten Zimmern schliefen, er im Wohnzimmer und ich im Schlafzimmer, spürte ich sehr genau, dass er in den Nächten keinen Schlaf mehr fand und unruhig umherlief.

Zwei Tage vor seinem Tod wurde ich etwa gegen zwei Uhr nachts durch seine Stimme aus dem Nebenzimmer wach. Ich merkte, dass er wieder mit jemandem telefonierte, und stand schnell auf. Gerade als ich den Hörer des Telefons im Schlafzimmer abgehoben hatte, hörte ich ihn sagen: ‚Nein, das kann ich nicht tun, das ist zu schwer für mich.'

Auf der anderen Seite der Leitung hörte ich nun Habib-Ullah, dessen Stimme ich nur zu gut kannte, sprechen: ‚Wenn du das nicht am 24. Dezember erledigst, werden wir deine Mutter und Brüder töten und deine Schwester entführen.'

‚Bitte tut mir das nicht an, ich habe bisher immer alles getan, was von mir verlangt wurde', flehte Talib.

Habib-Ullah antwortete daraufhin mit gellender Stimme: ‚Sicher hast du alles getan, aber dafür hast du auch die Gelegenheit erhalten, es dir mit dieser weißen Frau gutgehen zu lassen. Jetzt tust du gefälligst, was ich dir sage, sonst machen wir unsere Drohungen wahr!'

‚Es ist gut, ich werde es tun. Wie soll es genau ablaufen?', fragte Talib in einem inzwischen völlig leblosen Tonfall.

‚Am Abend des 23. Dezembers wirst du eine Winterjacke erhalten, in deren Innenfutter eine mit Sprengsätzen präparierte Weste eingenäht ist. Zieh diese Jacke dem kleinen afghanischen Jungen aus dem Flüchtlingslager an und setz ihn am 24. Dezember morgens gegen neun Uhr auf dem Frankfurter Bahnhof in irgendeinen Schnellzug. Weil Ferienbeginn ist, werden die Züge sehr voll sein. Sobald der Zug losfährt, drückst du den Aktivierungsknopf auf der Fernbedienung. Alle Hinweise zum Umgang damit wirst du erhalten. Das ist eine sehr leichte Aufgabe. Du darfst nur nicht weiter als zweihundert Meter von dem Jungen entfernt sein. Und mach dir über ihn keine Sorgen. Seine Mutter wird fünfhunderttausend Rupien erhalten, die werden seinen kleinen Brüdern zugutekommen.'

Vor lauter Schreck blieb mir fast der Atem weg. Hatte ich wirklich einen Terroristen geheiratet und lebte mit ihm unter einem Dach? Erst in diesem Augenblick begriff ich, unter welche Leute ich geraten war. Meine Heirat war ein durchtriebener Plan gewesen, und sicherlich lag auch hierin der Grund, warum es Talib mit der Hochzeit so eilig gehabt hatte. Allerdings hatte ich auch erkannt, dass er selbst nur eine Marionette der Taliban war. Sie wollten ihn vorerst am Leben erhalten, um durch ihn weitere Anschläge in meiner Heimat zu verüben. Ich befand mich in einer Zwickmühle. Wenn ich all dies der Polizei mitgeteilt hätte und Talib infolgedessen inhaftiert worden wäre, wäre das Leben meiner Verwandten in Pakistan in große Gefahr geraten. Und wenn ich es der Polizei nicht meldete, bestand Gefahr für mein Heimatland hier. Ich musste irgendetwas unternehmen. Ich konnte die ganze Nacht nicht schlafen und überlegte fortwährend, wie ich diese geplante Gräueltat auffliegen lassen konnte, doch mir wollte nichts einfallen. Mein Kopf war völlig leer. Ich dachte daran, mich meinem Vater anzuvertrauen und ihn um Rat zu fragen, aber auch dies hätte nichts weiter genützt.

Die Nacht verflog, während ich die verschiedenen Aspekte der Situation betrachtete. Am nächsten Morgen war ich so erschöpft, dass ich nicht einmal das Bett verlassen konnte, und bei meiner Arbeitsstelle anrief, um mich krank zu melden. Talib hatte ebenfalls sein Zimmer noch nicht verlassen, überdies hatte ich auch nicht gehört, dass er zum Morgengebet aufgestanden wäre und dafür die Waschung im Bad vollzogen hätte. Vielleicht hatte er ebenso wie ich in der Nacht kein Auge zubekommen.

Etwa um neun Uhr ging ich in die Küche. Nach dem Frühstück kehrte ich in mein Schlafzimmer zurück. Ich musste sehr achtsam sein, denn der kleinste Fehler meinerseits hätte viele Menschen das Leben kosten können. Talib verbrachte den Tag mit geschlossener Tür im Wohnzimmer. Erst am Abend verließ er die Wohnung, und ich war mir sicher, dass er den kleinen afghanischen Jungen aufsuchen wollte, über den am Telefon gesprochen worden war, und der vollkommen ahnungslos darüber war, dass er sein Leben verlieren sollte. Es war meine Pflicht, ihn zu retten. Andererseits wusste ich, dass vor dem 24. Dezember nichts geschehen würde und die präparierte Jacke erst am Abend des 23. Dezember zu uns in die Wohnung gebracht werden sollte. Für den 22. bestand daher keinerlei Gefahr. Ich beschloss, einige anstehende Besorgungen schnellstmöglich zu erledigen und mich dann nur noch in der Wohnung aufzuhalten. Am nächsten Morgen ging ich deshalb in einen nahegelegenen Supermarkt und deckte mich mit Lebensmitteln für die gesamte kommende Woche ein. Mittlerweile hatte ich auch den Entschluss gefasst, unverzüglich die Polizei zu rufen, falls mir die Situation entglitt und ich nicht imstande sein sollte, alleine etwas zu unternehmen. Von nun an musste ich Talib die ganze Zeit im Auge behalten.

Der 22. Dezember verstrich schließlich mit Stoßgebeten. Den 23. Dezember verbrachte ich zu Hause und blieb den ganzen Tag in meinem Zimmer. Talib war nur für eine kurze Zeit aus der Wohnung gegangen und bald wieder zurückgekehrt. Am späten Nachmittag klingelte es erwartungsgemäß an der Tür. Ich ließ die Schlafzimmertür absichtlich einen Spalt offen, und als ich hörte, wie Talib die Haustür öffnete, blickte ich durch den Türspalt. Ich sah, wie ein Mann ihm ein Paket überreichte und gleich darauf wieder verschwand. Mit dem Paket in den Händen ging Talib in Richtung Wohnzimmer. Er war sichtlich nervös. Sein Gang war unsicher, jeder einzelne Schritt schien ihm schwer zu fallen, sodass er fast taumelnd mit dem Paket wieder zurück ins Wohnzimmer gelangte. Mein Herz klopfte wild und ich hatte das Gefühl, dass es mir jeden Augenblick aus der Brust springen würde. Ein sehr gefährliches Objekt war in meine Wohnung gelangt und ich hatte nach wie vor keinen konkreten Plan, um der Situation zu begegnen. Das Einzige, was für mich feststand, war, dass ich diesen bevorstehenden Anschlag vereiteln musste, doch ich wusste noch nicht wie. Ich hatte große Angst vor dem, was passieren würde, wenn es mir nicht gelang, zur passenden Zeit den erforderlichen Schritt zu unternehmen. Mit zitternden Beinen schleppte ich mich in mein Bett. Zunächst einmal musste ich mich selbst beruhigen, denn in meiner Aufregung konnte mir leicht ein Fehler unterlaufen. Ich holte tief Luft und begann zu beten, um Ruhe und Gefasstheit zu erlangen. Nach kurzer Zeit hatte ich meine Selbstbeherrschung wiedererlangt. Aus dem Wohnzimmer konnte ich hören, wie Talib schwer atmete. Nach den Anweisungen, die er am Telefon erhalten hatte, sollte er die Jacke als Geschenk einem Jungen im Flüchtlingslager anziehen. In diesem Augenblick verspürte ich großes Mitleid mit Talib, denn offenbar hatte er sich nicht freiwillig den Taliban angeschlossen, sondern war gegen seinen Willen in diese Sache hineingeraten.

Wie dem auch war, schließlich ging auch dieser Tag irgendwie zu Ende. Es schien, als ob auch Talib die gesamte Nacht nicht hatte schlafen können. Er hatte auch nicht zu

Abend gegessen. Ich verließ etwa um sechs Uhr das Schlafzimmer und ging ins Bad. Anschließend verrichtete ich das Morgengebet und flehte, dass Gott selbst sich dieser Situation annehmen und diese in der besten Art lösen mochte. Noch immer war mir nicht klar, was ich tun sollte. Ich wartete auf ein Wunder und göttliche Hilfe. Ungefähr gegen sieben Uhr trat Talib aus dem Wohnzimmer und begab sich ins Bad. Als ich das Wasser fließen hörte, eilte ich schnell ins Wohnzimmer. Es war das erste Mal, seitdem der unbekannte Mann die Jacke mit dem Sprengstoff vorbeigebracht hatte, dass ich die Gelegenheit erhielt, dorthin zu gelangen. Ich sah neben der Couch eine Plastiktüte liegen. Als ich diese öffnete, sah ich die schwarze Winterjacke. Mit zitternden Händen tastete ich sie ab und fand in ihrer Tasche eine kleine Fernbedienung. Auch ein Zettel mit Anweisungen befand sich dort. Bereits das Halten der Fernbedienung in meiner Hand flößte mir große Angst ein, jedoch hatte ich die Hoffnung, dass nichts passieren würde, solange der Aktivierungsknopf nicht gedrückt wurde. Hastig nahm ich die Fernbedienung und den Zettel an mich, packte die Jacke wieder in die Tüte und legte diese zurück auf ihren Platz. Mit schnellen Schritten lief ich in mein Zimmer, versteckte die Fernbedienung im Kleiderschrank und begann, den Zettel mit den Anweisungen zu lesen.

Nach zehn Minuten verließ Talib das Bad. Er hatte keinerlei Veränderung bemerkt, denn nach ungefähr weiteren zehn Minuten verließ er mit der Plastiktüte in der Hand die Wohnung. Ich holte die Fernbedienung aus dem Schrank und folgte ihm leise. Er war so sehr in seine Gedanken versunken, dass er nicht ein einziges Mal zurückschaute. Es war halb acht und noch immer dunkel. Die Straßen waren leer. Talib ging wankend auf die Bushaltestelle zu. Nachdem ich mich vergewissert hatte, dass keine Menschen in der Nähe waren und sich auch keine Gebäude in seiner unmittelbaren Umgebung befanden, drückte ich den Betätigungsknopf der Fernbedienung. Als der Sprengsatz explodierte, drehte ich mich blitzschnell um und ergriff die Flucht, ohne das Ergebnis meiner Tat anzusehen. Unwillkürlich stellte ich mir vor, wie die Welt ein Stück sicherer geworden war, und beeilte mich, so schnell wie möglich wieder nach Hause zu gelangen.

Zurück in der Wohnung kroch ich sogleich in mein Bett. Noch lange danach hörte mein Körper nicht auf zu zittern. Ich hatte die Liebe meines Lebens mit meinen eigenen Händen getötet. Doch zugleich hatte ich das Leben eines unschuldigen Jungen bewahrt. Ich hatte einen ganzen Zug gerettet und das Leben meiner Großmutter und meiner anderen Verwandten in Pakistan geschützt. Vielleicht hatte ich auch Talibs Angehörige vor dem Tod bewahrt. Ich hatte das Übel, das durch mich in meine Heimat gelangt war und angefangen hatte, sich auszubreiten, selbst ausgemerzt.

Kurze Zeit später hörte ich die Sirenen vom Rettungs- und Polizeiwagen, aber ich verließ die Wohnung nicht. Am Abend kam die Polizei zu mir und informierte mich über Talibs Tod." Mit tränenerstickter Stimme beendete Sofia ihre Aussage.

Alle Anwesenden im Gerichtssaal waren wie erstarrt. Neben dem Staatsanwalt staunte auch der Verteidiger, denn seine Mandantin hatte ihm von alledem nichts erzählt. Die Augen von Sofias Vater waren feucht. Auch der Richter war verblüfft. Er spürte Hochachtung gegenüber dieser mutigen Frau. Durch Sofias Aussage hatte sich die gesamte Sachlage des Falls verändert.

Der Richter wandte sich an den Staatsanwalt. „Die von Ihnen erhobenen Anklagepunkte gegen Frau Sofia Talib haben sich als nicht zutreffend herausgestellt. Frau Talib war nicht an den kriminellen Handlungen ihres Mannes

Mohammad Talib beteiligt, sondern hat im Gegenteil einen drohenden verheerenden Anschlag vereitelt. Da sie sich jedoch nicht an die Gesetzeshüter gewandt, sondern stattdessen das Gesetz selbst in die Hand genommen hat, und ein Mensch durch sie getötet wurde, wird sie dafür haftbar gemacht werden müssen. Das Gericht wird dafür das Urteil über sie sprechen."

Der Staatsanwalt ergriff sogleich das Wort: „Da sie nur allein deswegen tötete, um ein noch viel größeres Vergehen zu verhindern, beantragt die Staatsanwaltschaft hiermit für Frau Sofia Talib eine zweijährige Freiheitsstrafe auf Bewährung."

„Die noble Absicht hinter ihrer Handlung darf nicht unbeachtet bleiben. Dafür ist eine zweijährige Freiheitsstrafe zu hoch angesetzt, sie sollte nicht mehr als ein Jahr auf Bewährung betragen", meldete sich nun auch Sofias Verteidiger zu Wort.

Der Richter blickte zu Sofia. „Möchten Sie noch etwas sagen?"

„Herr Richter, wenn es Ihnen möglich ist, so bitte ich Sie darum, meine Botschaft an die großen Mächte dieser Welt zu übermitteln: Warum führt ihr keinen Kampf gegen Hunger, Armut, Krankheit und Ignoranz, anstatt mit Bomben den Terrorismus zu bekämpfen? Genau dieser Krieg ist es doch, der den Terrorismus überhaupt erst erstarken lässt! Wenn ihr verhindern wollt, dass die terroristischen Organisationen immer mehr Zulauf erhalten, so müsst ihr die Herzen der bedürftigen, von Armut geplagten Menschen für euch gewinnen.

Und wenn Sie können, Herr Richter, dann überbringen Sie meine Botschaft an die angeblichen Muslime, die im Namen des Dschihad die Menschen aufwiegeln: Hört auf, den Koran falsch auszulegen und ahnungslose, unschuldige

Menschen auf irrige Wege zu verleiten. Lasst endlich davon ab, ihnen das Paradies im nächsten Leben zu versprechen, nur um sie dazu zu missbrauchen, das Leben hier zur Hölle werden zu lassen. Lasst jeden Menschen entsprechend seinem Glauben ungestört leben und setzt euch stattdessen dafür ein, diese Welt zu einem Spiegelbild des Paradieses werden zu lassen, wo niemand Feindschaft für den Anderen hegt. Andernfalls werden auch weiterhin unschuldige Menschen wie ich unwissend zur Zielscheibe von Gewalttätigkeit werden."

Sofia hatte alles ausgesagt; sie hatte alles erzählt und alles dargelegt. Sie war jetzt nicht mehr rastlos und nervös. Entspannt erwartete sie die Entscheidung über ihr weiteres Schicksal.

Im Gerichtssaal herrschte Schweigen. Tränen flossen aus Hameeds Augen.

Der vorsitzende Richter räusperte sich und sagte schlussendlich: „Das Urteil wird nach einer Unterbrechung verkündet."

Die Richter und Schöffen erhoben sich von ihren Plätzen und zogen sich in den angrenzenden Innenraum zurück, um über das Urteil zu beraten. Im Gerichtssaal blieb es still.

Nachdem sie zu einer Entscheidung gelangt waren, kehrten sie zurück und nahmen ihre Plätze wieder ein. Der Richter schob seine Brille zurecht, warf einen weitläufigen Blick auf die im Gerichtssaal sitzenden Personen, und verkündete schließlich eine Freiheitsstrafe von einem Jahr und sechs Monaten auf Bewährung.

Es wurden noch die mit der Strafverkündung zusammenhängenden Auflagen erläutert, außerdem die Gründe für das Urteil sowie einige andere Punkte, die das Urteil betrafen, näher ausgeführt. Doch Sofia hörte nicht mehr zu. Ihre

Gedanken kreisten allein um die Frage, was Dschihad in Wahrheit bedeutete. War das, was Talib im Begriff zu tun gewesen war, Dschihad, oder war es das, was sie letztlich getan hatte?

Die Gerichtsverhandlung wurde beendet. Der Gerichtssaal hatte sich bereits geleert, doch saß Sofia noch immer in der gleichen Position auf ihrem Platz. Hameed ging auf sie zu. Er küsste ihre Stirn, nahm ihre Hand und zog sie sanft vom Stuhl hoch. Seinen schützenden Arm um sie gelegt, begleitete er sie aus dem Saal.